京都大正サトリ奇譚

モノノケの頭領と同居します

卯月みか

PHP
文芸文庫

○本表紙デザイン＋ロゴ＝川上成夫

京都大正サトリ奇譚
モノノケの頭領と同居します　目次

第一章

「わぁ！　人がいっぱい！」

路面電車を降りた木ノ下繭子《きのしたまゆこ》は駅を出て、ぱっちりした目をさらに丸くした。

かつて東海道《とうかいどう》の西の起点だったという三條大橋《さんじょうおおはし》には、大勢の人が行き交っている。繭子の育った志賀《しが》の逢津《おおつ》は、宿場町、港町として発展していたが、京都もまた都会で賑《にぎ》やかだ。

きょろきょろと風景を見ていると、早足で歩いてきた男性とぶつかった。小柄なため突き飛ばされそうになったものの、足を踏ん張りなんとか堪《こら》える。男性の舌打ちが聞こえ、びくっと体を震わせた。慌てて頭を下げ、「ごめんなさい！」と謝る。

「ぼーっとしていたら駄目だ。しっかりしないと！」

繭子は手に提《さ》げたトランクを地面に置くと、木綿《もめん》の着物の胸元から手書きの地図を取り出した。

「どっちに行けばいいんだろう」

地図には、碁盤《ごばん》の目のような京都の通りが描かれている。地図をくるくると回しながら、現在地を確認する。

「えーっと、今いるのが、鴨川《かもがわ》に架かる三條大橋のそばだから『三白屋《みしろや》』さんは……あ、ここだ」

室町通《むろまちどおり》と記された線の上に、赤丸でしるしが付けられている。橋を渡って西へ進むと辿りつくようだ。

「よしっ」

繭子は気合いを入れると、地図を胸元にしまって羽織を整え、トランクを持ち上げた。

繭子の唯一の家族だった母、天寧《あまね》が、流行病《はやりやまい》に罹《かか》り亡くなったのは、ふた月ほど前のこと。

父の悟《さとる》は、繭子が七歳の時に家を出て以来、行方不明になっており、それからは、母娘《おやこ》二人肩を寄せ合って生きてきた。大黒柱を失った二人の境遇を、悟が勤めていた呉服屋《ごふくや》の主人夫婦が同情してくれて、天寧を使用人、繭子を子守として雇ってくれた。天寧が亡くなった後、葬式の手配をしてくれたのも呉服屋の主人夫婦だ。彼らは「繭子を引き続き雇う。なんなら住み込みで働けばいい」と言ってくれたが、繭子は二人の申し出を断った。

息を引き取る直前、天寧は熱に浮かされながらも繭子の手を取って謝った。

「あなたを一人にしてしまって、ごめんなさいね」

「お母さん、気をしっかりと持って！　ただの風邪なんだから、すぐに治るよ！」

繭子は励ましながら天寧の手を握り返したが、天寧はそのまま帰らぬ人になった。

天寧は、悟がなぜ突然出ていってしまったのか、ずっと気に病《や》んでいた。けれど、繭子の前では気丈でいる母の姿を見て、繭子は母を心配させないようにと、努めて明るくふるまった。そして、父の話は口に出さないようにしてきた。

一度だけ、悟から絵葉書が届いたことがある。消印は京都で差出人の住所はなく、「今、画家として働いている。二人も体に気をつけて」とだけ書かれていた。葉書を読んだ天寧は「お父さんは絵を描くのがお好きだったから、画家として身を立てたかったのよ。有名になって、きっともうすぐ帰ってくるわ。早くお会いしたいわね」と言っていたが、繭子はそう思えなかったし、実際、父は母が亡くなっても帰ってこなかった。

（お父さん、どうして、お父さんのことが大好きなお母さんを置いて、いなくなってしまったの？　死の間際《まぎわ》までお父さんを想っていたお母さんの気持ち、お母さんの願い……お父さんに伝えたい）

天寧が、繭子の前で「父に会いたい」と口にしたのは、悟から絵葉書が届いた時の一度きりだった。自分が夫を恋しがれば、繭子も寂しがるだろうと思っていたからだ。最期の時まで、それは変わらなかった。——けれど、繭子には、何も言わない母が、父を想い続けていたことを知っていた。

だから、天寧が亡くなった後、繭子は京都へ行く決心をした。

その話をすると、呉服屋の主人夫婦には非常に心配された。「小さな頃から知っている繭子は娘のようなもの」と言い、「遠慮《えんりょ》なんてしなくていいよ。君も、もう十六歳だ。そのうち、私たちがしかるべき人を見つけて嫁《とつ》がせてあげるから、それまでうちにいなさい」と引き留めたが、繭子の強い決心を聞いて、知り合いだという京都の白生地《しろきじ》問屋『三白屋』を紹介してくれた。住み込みで雇ってもらえるよう紹介状を用意し、旅銀《りょぎん》と地図を渡してくれた。

京都で働きながら父を捜そう。父に会ったら、母の最期の願いを伝えて、問いただしたい。どうして自分たちを置いて出ていってしまったのか、と。

こんなに人の多い京都の町で、どこにいるのかわからない父を見つけ出すことはできるのだろうか。不安に駆《か》られたが、

「悩んでいても仕方がない！」

繭子は大股で歩き始めた。鴨川に架かる三條大橋を渡る。橋から川に目を向ける

と、青く晴れた空の下、遠方に連なる山々が見えた。湖とともにある志賀の地とはまた違う、山々に囲まれた京都の町。

これから、京都での生活が始まる。初めての町で一人きり。不安も感じるがなんとかなるだろう。

(弱気になってたらいけないよね。楽観的にいこう、うん!)

自分で自分を励ましながら橋を渡り切った時、

「おい、お前! 今、私の財布を盗んだんと違うか!」

突然、怒鳴り声が聞こえ、繭子は驚いて身をすくめた。

周囲の人々の視線が集まる先に、ひょろりとした体型の青年がいた。舞妓《まいこ》を連れた、いかつい体格の男性に胸ぐらを掴《つか》まれている。

「言い掛かりはよしてください。離してくれはりません? 俺、急いでいるんですよ」

青年は男性を押しのけようとしているが、何せ体格が違う。

「お前、さっき私にぶつかってきたやろう! その時に私の財布を掏《す》ったんやろうが!」

「確かに、前方不注意でぶつかりましたけど、財布を掏る余裕なんてないし、そもそもそんなことする理由もあらへん。ほんまに離してくれはります? 俺、早《はよ》う逃げなあかんので」

「逃げる？　やっぱりお前、盗んだんやな！」

「盗んでへんて言うてんのに、頭の固いお人やなぁ。俺が逃げてるんは、編集者から で……」

「お二人とも、落ち着いておくれやす」

男性のそばにいる舞妓が、おろおろと二人をなだめている。

三人の周りに野次馬が集まり始めた。野次馬の中から、「あの体の大きな旦那はん、歌舞伎役者の青海助《おうみすけ》さんやわ」「何ごとやろ」という囁《ささや》き声が聞こえてくる。

なりゆきが気になり、繭子も野次馬と一緒に、青年と青海助のやりとりをはらはらしながら見つめた。

（スリかな？　あのお兄さんが財布を盗《と》ったの？　そんなに悪い人には見えないけど）

「誰か、警官を呼んでこい！」

繭子の斜め前で大きな声が上がった。

「犯人を捕まえろ！」

鳶職風《とびしょくふう》の格好をした若者の呼びかけで、野次馬の数人が警官を探しに走りだし、他の数人が青年に飛びかかる。

「乱暴しぃひんといてくれはります？　盗ってないって言うてんのに！」

怒声を浴びせられても落ち着いた口調で返していた青年が、声を荒らげた。けれど、逃げることもできず、数人に押さえ込まれてしまう。必死に否定しているものの、周囲の人々の目は冷たい。

鳶職風の若者はその様子を見て、にやりと笑った。

藺子は眉間に皺《しわ》を寄せた。

（なんだろう、あの人、嫌な感じ）

人に警官を呼びに行かせておいて、自分は何もせず、ただ様子を見て笑っているなんて。

鳶職風の若者が身を翻《ひるがえ》した。強引に野次馬をかき分ける若者の肩が、藺子にぶつかる。

その瞬間、藺子の心臓がどくんと鳴った。一瞬呼吸が苦しくなり、胸を押さえてハッと息を吐いた後、藺子は若者の背中を睨《にら》み付けた。

（スリの真犯人は、あの人だ！）

そう悟ったものの、ここで自分が彼を犯人だと告発するのは不自然だ。どうしてわかったんだと問われたら答えられない。

（でも私があの人を見逃したら、濡れ衣を着せられているお兄さんは……）

躊躇《ちゅうちょ》した繭子の脳裏《のうり》に、ふと母の言葉が蘇《よみがえ》った。

『繭子。困っている人を見かけた時は力になってあげましょうね』

ここで真犯人を見逃したら、自分はきっと後悔する。

繭子は意を決して、すぅと息を吸うと声を上げた。

「犯人はそのお兄さんではありません！　あの人です！　あの人が財布を盗ったんです！」

まっすぐに腕を伸ばし、鳶職風の若者を指差した。野次馬が一斉に若者のほうを向く。

「何を言うねん、お嬢ちゃん。俺はただ騒ぎを見ていただけやで」

若者が足を止めて振り返り、作り笑いをしたが、繭子は、

「私、あなたがあやしい動きをしていたのを見ました！」

と詰め寄った。若者が繭子を睨む。

「適当なことを言うな！」

「嘘をついても駄目です！　懐《ふところ》に、あの歌舞伎役者さんから盗った、猿の根付けが付いたお財布を入れていますよね？」

繭子の言葉に若者の顔色が変わった。

「皆さん、捕まえるべきなのは、この人です！」

周囲に向かって声を張り上げると、若者は憎々しげに舌打ちをし、繭子の体を突き飛ばした。

尻餅《しりもち》をつきながらも繭子は叫んだ。

「逃げるな、卑怯者《ひきょうもの》!」

スリの疑いをかけられていた青年を押さえていた野次馬たちも、こちらの騒ぎに気が付いた。拘束《こうそく》が緩《ゆる》んだ隙《すき》に、青年が野次馬たちの手からするりと抜け出し、

「そやから、俺やないって言うたのに」

と溜め息をつき、乱れた着物の襟元《えりもと》を整えた。

「ちょっと、そこの君」

青年が繭子のもとへ駆け寄ってくる。

「今逃げていった男がスリの犯人って、ほんと?」

「はい! あの人です!」

繭子は一目散に走り去る、鳶職風の若者の背中を指差した。

青年が目を細め、

「ふうん。ほな、お仕置きが必要やね」

とつぶやいた後、着流しの帯に挟んであった扇子《せんす》を引き抜いた。片手で振って一気に扇面を開ける。

「それっ！」

掛け声とともに、青年は扇子を大きく横に煽《あお》いだ。

その瞬間、突風が起こった。

「きゃっ！　な、何？」

後ろで一つにくくった繭子の長い髪がなびき、着物の裾《すそ》がはためく。野次馬の帽子が飛び、煽られてよろめいた人が転んで悲鳴を上げている。

風が鳶職風の若者の体を吹っ飛ばし、繭子は目を丸くした。

「えっ！」

何が起きたのかわからない。

倒れた若者に青海助が駆け寄る。若者の懐に手を突っ込んで財布を取り出し、目を剝《む》いた。

「これは私の財布や！　お前が犯人やったんか！」

「ちゃう！　俺の財布や！」

「この期に及んで誤魔化《ごまか》す気か！」

言い合いをしている二人のもとに野次馬たちも駆けつけ、若者が逃げないように取り囲む。

転んでいた人々が立ち上がり、「今の風はなんだったのだろう」と言うようにざわめいている。

混乱する状況にぽかんとしていた繭子は、青年に声をかけられて我に返った。

「助けてくれておおきに。――ねえ、君。なんであいつがスリの真犯人やってわかったん?」

扇子を帯に差し直し、青年が繭子に問いかける。

「えっと……そ、それは……」

咄嗟《とっさ》に答えられず、繭子は言葉をつまらせながら曖昧《あいまい》に笑った。

青年は好男子といって差し支えない顔立ちだったが、無精《ぶしょう》な性格なのか、髪はぼさぼさだった。肌の色は白く、体型はひょろっとしていて貧弱に見える。けれど、繭子を見つめるまなざしだけは鋭《するど》く力があった。

繭子は、彼に内心を見透《みす》かされそうな気がして視線を逸《そ》らした。すると、向こうのほうから走ってくる警官の姿が目に入った。野次馬に呼ばれてやって来たのだろう。

警官にまで「どうして犯人がわかったのか」と尋《たず》ねられたら困る。――繭子は本当のことを答えられないのだから。

繭子は慌てて青年に頭を下げた。

「では、私はこれで失礼しま……」

「壱村《いちむら》先生、見つけましたよ！」

藺子の言葉を遮《さえぎ》ったのは、背広姿の男性の大声だった。必死な表情で駆け寄ってくる彼に気が付いた青年は、

「うわ、要《かなめ》やん。しもた」

と、呻《うめ》くような声を出した。

「君、ちょっとごめん！」

「えっ！　きゃあっ！」

浮遊感を覚えた時には、藺子の体は青年の腕に抱えられていた。

「ここじゃ、ゆっくり話せへん。とりあえず逃げよう」

「ま、待って、私、これから行くところが……わあっ！」

青年が藺子を横抱きにしたまま駆けだした。トランクをしっかりと摑み、落とされないよう青年にしがみつく。

「ちょっと、壱村先生！　待って！　逃げないで〜！」

藺子を抱えているとは思えないほど青年は足が速く、背広姿の男性の姿が、どんどん引き離されていく。

（韋駄天《いだてん》みたい。それとも天狗《てんぐ》？）

藺子は、通りを歩く人々の間を器用に縫《ぬ》っていく青年の身軽さに驚いた。幼い

頃、母が寝物語に話してくれた、牛若丸《うしわかまる》に修業をつけたという天狗のことを思い出す。

どれぐらい走ったのか、青年はようやく足を止めた。

「ここまで来たら大丈夫やろ」

ほっと息をついた青年の顔を見上げ、繭子はおずおずと声をかけた。

「すみません……そろそろ下ろしていただけないでしょうか……」

「あっ、かんにん」

青年は慌てて繭子を地面に立たせた後、にこりと笑った。

「あらためて、さっきは助けてくれておおきに。俺は壱村水月《すいげつ》」

自己紹介をされたので、繭子もお辞儀《じぎ》をして、

「私は木ノ下繭子といいます」

と、名乗る。

「繭子ちゃんていうんやね。君がいいひんかったら、警官に捕まってしもて、ややこしいことになってたかもしれへん。要から逃げてたら、ぶつかった男にいきなりスリ扱いされてしまうんやもん。どないしよと思ったわ」

にこやかな笑みを浮かべた後、水月は続けた。

「――で、繭子ちゃん。さっきの話の続きやけど、君はどうして、あいつがスリの

真犯人やってわかったのかな？　あやしい動きを見たって言うてたよね？」

切り込むように再び問われて、繭子は、

「そ、それは……」

と、言い淀《よど》んだ。

まっすぐに繭子を見つめる水月の瞳にたじろぐ。

(犯人を逃がしたら駄目だって思ったから、声を上げたけれど……)

理由なんて……言えない。

「ええと……あの人が懐に手を入れて周りを窺っていたので、あやしいなって思ったんです……」

繭子は水月から視線を逸らし、もごもごと適当なことを言った。水月が腕を組み、疑わしそうな顔をする。

「それだけで、あいつが盗んだ財布を隠し持っていたって確信したん？」

「そ、それよりも！　あの風はなんだったんでしょうね。突然、犯人を吹き飛ばして──」

慌てて話を変えたら、水月がにやりと笑った。

「さあ？　偶然《ぐうぜん》、小さな竜巻《たつまき》でも起こったんとちがう？」

繭子は怪訝《けげん》な表情で彼を見た。町中でいきなり、あんなに都合よく竜巻が起こるだろうか。

水月が扇子を振ったら、風が吹いた。まるで彼が風を起こしたみたいに。

帯に差している扇子に触れ、落ちないように押し込む水月のしぐさを見つめる。

「まあええか。とにかくおおきに、繭子ちゃん。また会えたらいいね」

水月は微笑《ほほえ》むと背中を向けた。頼りなさそうな青年だが、歩き去る姿は花道を戻っていく役者のように颯爽《さっそう》としていて、繭子は一瞬見とれた。

「不思議な人……あっ！」

取り残された繭子は我に返り、自分の状況に気が付いて狼狽《うろた》えた。

「ここどこ？」

周囲をきょろきょろと見回す。三條大橋からかなり移動してしまった。慌てて地図を取り出し、現在地を確認する。すぐそばに『新京極《しんきょうごく》』と看板の掛かった繁華街への入り口があったので見当がついた。ここから室町通は、それほど離れていないようだ。

「なんだか変なことに巻き込まれちゃった。早くお店に向かわないと」

繭子は気を取り直すと、西へ向かって歩き始めた。

ようやく目的の白生地問屋『三白屋』に辿りついた繭子は、立派な町家《まちや》の前で首を傾げた。

周囲の店は営業しているというのに『三白屋』は閉まったままだ。

「今日はお休みの日なのかな？」

これほどの大店《おおだな》なら、主人家族の他に住み込みの使用人もいるはずだ。けれど、奇妙なほど、目の前の町家は静まりかえっている。

戸を叩いて呼びかけようかと迷っていたら、立ち尽くしている繭子に気が付いたのか、向かいの古着屋の女将《おかみ》が声をかけてきた。

「ちょっとあんた。何してはんの」

人の好さそうな女将を振り向き、繭子は事情を話す。

「私、この『三白屋』さんを訪ねてきたんですけど、お店が閉まっているので、どうしたらいいかと困っていたんです」

人から紹介を受け、ここで働かせてもらうつもりで来たのだと説明すると、女将は気の毒そうな表情を浮かべた。

「それは無駄足やったね。『三白屋』さんは半月前に強盗に入られはって、皆殺されてしまわはってん」

ひそひそ声で告げられた衝撃の事実に、繭子は息を呑んだ。

「えっ……」

「気のいいご主人と女将さんと、十八になるお嬢さんがいはったんやけどね……。使用人の娘さんたちも殺されてしまわはって、可哀想なことやったわ……。通いで働いてはった番頭《ばんとう》さんが、翌朝お店に出勤してきて惨状《さんじょう》に気付かはったんやって」

女将は物騒《ぶっそう》な話をした後、繭子に同情のまなざしを向けた。

「そやから、あんたがここで働くのは無理やで」

話すだけ話すと、女将は店に戻っていった。

すっかり『三白屋』でお世話になるつもりだったので、どうしたらいいのかと途《と》方《ほう》に暮れる。

多少のお金はあるので今日の宿ぐらいはなんとかなるが、早く仕事を見つけなければ路頭に迷ってしまう。

「どうしよう……」

困ったものの、ここでぼんやりしていても仕方がない。

「そうだ、口入屋《くちいれ》！　仕事を紹介してもらおう！」

口入屋に行けば、相談にのってもらえるかもしれない。とはいえ、どこにあるのかわからないので、先ほど話しかけてくれた女将のところへ行き、場所を教えてもらった。

ところが、口入屋へ行くと――

「紹介できる仕事がない？」

肥《こ》えた中年の主人につれない回答をされ、繭子は呆然《ぼうぜん》とした。

「そんな！　何かないでしょうか？」

「『住み込みの仕事がええ』て言われても、今は、そういう仕事は来てへんねん」

気の毒な顔をされて、しゅんと肩を落とす。

「そうですか……。ありがとうございました」

繭子は主人にお礼を言い、通りに出た。溜め息が漏《も》れる。いつの間にか太陽は西に傾き、空は赤く染まっていた。

「とりあえず、食事処《しょくじどころ》に行って何か食べよう……。今日の宿はその後探して……。できるだけ、安いところ……」

とぼとぼと歩き、目についた蕎麦屋《そばや》に入った。

「おいでやす！　お一人様ですか？」

明るい女将に声をかけられ「はい」と答える。「空いている席へどうぞ」と促《うなが》され、店内を見回した時、

「あれっ？　繭子ちゃん？」

聞き覚えのある声が繭子を呼んだ。

そちらに視線を向けてみれば、水月が手を振っている。

「水月さん！」

「また会《お》うたね」

初対面の相手と一日に二度も会うなんてと、偶然に驚いていたら、水月が繭子を自分の正面の席に誘った。

「ここに座ったら？」

どこの席でもよかったので、繭子は素直に彼の前に腰を下ろした。

「何食べる？　鰊《にしん》蕎麦がおすすめやで」

「では、それにします」

水月にすすめられるままに注文する。

「こんなに早う、また会えるなんて思わへんかったわ」

「水月さんは、あの後どうされたんですか？　追いかけられていたように見えましたけど……」

背広姿の男性から逃げ切れたのかと気になり聞いてみる。

「ああ、要のこと？　なんとか撒《ま》いたで。あっ、別に悪さをして逃げてたわけやないで？　俺の職業は小説家で、要は担当編集者やねん」

繭子は、水月が逃げていた理由をなんとなく悟ってはいたが、本人から素性《すじょう》を聞かされて、なるほどと納得した。

「小説家って、お話を書く人ですよね？」

「そう。お話を書く人」

藺子の言い方が面白かったのか、水月がくすっと笑う。

「今月の締め切りを破ってるから、『早く原稿を出せ』って迫られてるねん」

悪びれる様子もなく、やれやれと頭を掻《か》く水月を見て心配になる。

「大丈夫なのですか？　逃げていて」

「あー……う〜ん、あかんよねえ。でも、なんて言うか、インスピレイションが湧かへんねん。書けへんもんは書けへん。しゃあない」

水月は腕を組んで、うんうんと頷《うなず》いている。

（インスピレイションっていうのはよくわからないけど、要は、いい案が浮かばないから小説が書けないっていうことなのかな？）

「その、インスピレイションは、どうやったら湧くんですか？」

藺子が素朴《そぼく》な疑問を投げかけたら、水月は「そうやなぁ」と言って、考えるように宙を見た。

「可愛い女の子とか、綺麗《きれい》な女性を見た時かな……」

そうつぶやいた後、視線を藺子に戻し、

「実物は虚構《きょこう》に勝るしね。世の女性はすべからく魅力的やと思う」

と笑う。水月は悪い人ではなさそうだが、調子が軽いのだろうか。

二人が喋《しゃべ》っていると、鰊蕎麦が運ばれてきた。出汁《だし》のいい香りが食欲をそそる。

「伸びひんうちに食べよし」

水月に促されて、繭子は「いただきます」と手を合わせた。箸を取って蕎麦をたぐり、ずずっと啜《すす》ると、鰊の甘みが染み込んだつゆの風味が口の中に広がった。今日一日、気を張っていて何も食べていなかったので、蕎麦の温かさがお腹に染みた。

黙々と蕎麦を啜る繭子に、今度は水月が質問をする。

「繭子ちゃんは、こんな時間まで何をしてたん？　日が暮れる前に、女の子は早く家に帰ったほうがええよ。最近は物騒やから」

水月の言葉に、繭子は箸を動かす手を止めた。

帰る家などない。

俯《うつむ》いた繭子と足元に置かれたトランクを見て、水月が目を瞬《しばた》かせる。

「もしかして、わけありなん？　家出とか？」

「家出ではないです。実は私、今日、志賀から京都に出てきたばかりなんです。志賀でお世話になっていた人の紹介で、『三白屋』っていう白生地問屋で働く予定だったんですけど、『三白屋』はもうなくなっていて……」

水月に思わず事情を話してしまったのは、心細くなっていたからだろう。

蘭子の話を聞いて、水月は「ああ！」と声を上げた。

「『三白屋』って、強盗が押し入って一家惨殺された店やね。新聞で大々的に記事になってたから知ってる」

「住み込みで働かせてもらう予定だったんです。だから、行き先がなくなって困ってしまって……」

今日出会ったばかりの人に暗い話を聞かせるのもどうかと思い、できるだけ明るい口調で事情を話す。すると、水月は箸を置き、同情するように蘭子を見つめた。

「他に雇ってもらえそうなとこないん？」

「口入屋に行ってみたのですが、紹介できる仕事はないと言われました。どうしても京都で働きたいので、くじけずにまた相談に行こうと思います」

「京都で働きたいのには、何か理由があるん？」

真面目な顔で尋ねられて、蘭子は迷った後、正直に話した。

「私、生き別れた父を捜すために京都に来たんです」

「生き別れ？」

「私が七歳の時、父は突然家を出ていきました。なぜいなくなってしまったのか、理由はわかりません。それからは母と二人で頑張ってきたのですが、その母もふた月ほど前に病気で亡くなってしまいました。母は最期まで父を想い、父の帰りを待っていました。だから、私、父に母が亡くなったことを伝えたいんです」

天寧の顔を思い出すと悲しい気持ちになるが、繭子は努めて微笑んだ。水月が優しい声で「そうやったんやね」と言った。

「ほな、うちに来る？」

「えっ？」

突然の提案に驚く。水月は気楽な口調で続けた。

「ちょうど、家のことや店番をしてくれるような子が欲しいなって思っててん。狭い家やけど部屋は空いてるし、住んでくれて構わへんよ。ちゃんとお給料も払うし」

「ほ、本当に……？　でも、ご迷惑では……」

嬉しさと遠慮の狭間《はざま》で迷う繭子に、水月が微笑みかける。

「困ってる女の子、放っておけへんし。繭子ちゃんさえよければ、やけど」

「ご迷惑でないのなら行きます！　働かせてください！」

「契約成立やね。お蕎麦食べたら帰ろうか」

思いがけず仕事が見つかり喜びかけて――繭子はハッと気が付いた。

（家事をしてくれる子が欲しいっていう話だから、水月さんって独身？　もしそうだとしたら、私、男の人と二人で暮らすことになるの？）

逢津の呉服屋は大店だったので使用人仲間も多かったし、そもそも繭子は通いだった。雇用主と同居をするのは初めてだ。勢い込んで「行きます！」と言ってしまったものの、男性一人の家に雇われるのは軽率《けいそつ》だっただろうかと考えていたら、繭子の不安を察したのか、水月が補足した。

「安心したらええよ。俺、一人暮らしやないし。厳しいお目付役《めつけやく》がいるねん」

一人暮らしでないのなら、水月は妻帯者なのだろう。余計な心配をしてしまったと、ほっとする。

勤め先がなくなったと知った時は目の前が真っ暗になったが、水月に救いの手を差し伸べてもらって、ほんの少し気が楽になった。一人で京都に来て気持ちを鼓舞《こぶ》させていたものの、本音を言えば心細かった。

（仕事と住むところ、なんとかなってよかった。お父さんのことも早くわかるといいな……）

繭子は箸で鰊を摑むと、ぱくりと齧《かじ》り付いた。

蕎麦屋を出ると、繭子は水月とともに彼の自宅へ向かった。

連れられてきた先は、六角通《ろっかくどおり》と東洞院通《ひがしのとういんどおり》が交わるあたり。住居兼店舗だという町家は、通りに面して硝子戸《がらすど》が付いていた。硝子戸の横に、『星林文庫《せいりんぶんこ》』と書かれた看板が掛かっている。

水月は鍵を開けると、ガタガタと音を立てながら戸を引いた。建て付けが悪いようだ。

「ここが俺の家。どうぞ」

促されて中に入り、繭子は目を丸くした。

「わぁ……！」

天井まで届く棚に、数え切れないほどの本が並べられている。部屋の中央には木箱が積まれていて、その中も本ばかりだ。

「水月さんのお店って、もしかして本屋さんですか？」

「『星林文庫』っていう貸本屋《かしほんや》をやってる」

繭子の質問に、硝子戸を閉めながら水月が答える。

「そうなんですね！」

繭子は興味津々《きょうみしんしん》に店内を見回した後、家の中に目を向けた。店と隣り合う板間《いたのま》は帳場《ちょうば》になっているので、奥にある座敷《ざしき》が私的空間なのだろう。人の気配は感じられない。水月の奥方は二階にいるのだろうか。夫を迎えに下りてくるかもしれないと緊張していたら、突然、足元から男の声が聞こえた。

「水月。その娘は誰じゃ？」

脛《すね》にふわりと柔らかな感触がよぎり、繭子は「ひゃあっ！」と悲鳴を上げた。慌てて足元を見ると、闇に溶けるような黒い猫がきらりと光る一対の目で、繭子を見上げていた。

「わぁ！　猫さん！」

思わず弾《はず》んだ声を上げてしゃがみ込み、黒猫の頭を撫《な》でようと手を伸ばす。すると、黒猫が口を開いた。

「そなた、何者じゃ？」

まさに猫の頭に触れようとしていた繭子は動きを止めた。

「い、今、猫が喋っ……」

「いきなり出てきて、繭子ちゃんを驚かせたらあかんで。仙利《せんり》」

水月が前屈《まえかが》みになり、ひょいと猫を持ち上げる。黒猫はおとなしくぶらーんと抱かれながら文句を言った。

「水月。今日も遅かったな。何をしていた。腹が減ったぞ」

「はいはい。すぐにご飯作るから、待ちよし」

水月は繭子に黒猫を渡すと、店内の隅《すみ》に掛けられている暖簾《のれん》を潜《くぐ》り、中に入った。あちらは土間のようだ。

取り残された繭子は、腕の中の黒猫に目を向けた。黒猫も繭子を見上げている。

「あなたは人間の言葉が喋れるのですか？」

混乱しながら問いかけたら、黒猫は軽い口調で答えた。

「喋れる。儂《わし》は猫又《ねこまた》じゃからな」

「猫又？」

黒猫が尻尾《しっぽ》で繭子の腕を叩いた。その先が二股に分かれている。

「猫さん、尻尾が割れてます！　もしかして怪我をしているんですか？　それとも病気？」

こんなふうに尻尾が裂《さ》けている猫は見たことがない。黒猫は心配する繭子をきょとんと見上げ、口を開けて笑った。

「ははは、面白いことを言う娘じゃな。別に怪我も病気もしておらんよ。猫又というのは、長生きをした猫が変じたモノノケのことじゃ。まあ、簡単に言うと、化け猫じゃよ」

「化け猫……」

繭子は黒猫をまじまじと見つめた。尻尾の先が二股に分かれている以外は普通の猫となんら変わりない。

「儂は仙利という。そなたの名前は？」

猫が名乗ったので、藺子も自己紹介をする。

「木ノ下藺子です。水月さんに雇われて、今夜から一緒に住むことになりました」

「なんと、儂らと同居とな？　一体、どういう経緯じゃ」

藺子が手短に水月との出会いと自分の事情を話す。

仙利は「ふむふむ」と話を聞いていたが、

「難儀《なんぎ》なことじゃったな。それならば、好きなだけここにいるといい」

と、同情してくれた。

「仙利、ご飯できたで」

座敷から水月の呼ぶ声が聞こえた。仙利が藺子の腕の中から身軽に飛び下り、声のする方向へ走っていく。藺子は遠慮気味に「お邪魔します」と言って板間に上がると、仙利を追って座敷へ向かった。

板間は四畳ほどの広さで、側面にもの入れの引き出しが付いた箱階段が置かれている。反対側は舞良戸《まいらど》だった。土間に繋がっているのだろう。

座敷の向こうは坪庭《つぼにわ》だったが、とっぷりと日が暮れているので、様子はわからない。

水月が縁側《えんがわ》に丼鉢《どんぶりばち》を置いた。仙利が足音も立てずに水月のそばまで行き、丼鉢に顔を突っ込む。ぺちゃぺちゃと何かを食べる音が聞こえてくる。

「水月さん、仙利さんから聞きました。仙利さんって、猫又なんですってね」

仙利の頭をひと撫でした後、水月は立ち上がって笑った。

「そうやで。喋る猫なんてびっくりしたやろ」

「はい。こんな猫さんもいるのですね」

最初は驚いたが、繭子はあっさりと仙利を受け入れた。世の中には人知を超えた不思議があることを、繭子は知っているからだ。

水月は繭子の適応能力に対して特に何も言わず、

「どうぞ座って」

と座布団をすすめた。ちゃぶ台の上には湯呑みが二つ置かれている。

「お茶やなくて水でかんにん。火を熾《おこ》す時間がなくて」

邪魔に思ったのか、ちゃぶ台の上に広げられていた新聞を畳《たた》む水月に、繭子は尋ねた。

「奥様はどちらにいらっしゃるのですか？　ご挨拶《あいさつ》をしたいのですが……」

繭子の質問に、水月が「奥様？」と言って目を瞬かせる。

「お目付役がいるとおっしゃっておられたので……」

「ああ！」

自分の言葉を思い出したのか、水月は手を打ち大笑いした。

「あれは仙利のこと。俺は独身だよ」

「えっ」

てっきり妻帯者だと思っていたので、予想が外れてびっくりする。

（ということは、やっぱり私、男の人と二人暮らしになるの？　仙利さんもいらっしゃるけど、猫さんだし……）

戸惑《とまど》いながら目を向けると、仙利が丼鉢から顔を上げ、こちらを見ていた。その瞳が「何も心配しなくていい」と言っているように感じて、繭子は一瞬抱いた不安をすぐに打ち消した。

座布団の上に腰を下ろし、新しい主人である水月にあらためて目を向ける。

伸びた前髪から覗《のぞ》く瞳は黒鳶色《くろとびいろ》。鼻筋は通っていて、唇は薄く形が良い。指は細くて、綺麗な手をしている。

彼の指先から新聞の紙面に何気なく視線を移した繭子は、『猟奇殺人、再び！』という大きな見出しに気付いて驚いた。

「猟奇殺人？」

強烈な言葉だ。

「ああ、その記事ね。物騒な話やで」

水月が、一旦置いた新聞を取り上げる。

「最近、京都のあちこちで、獣《けもの》に喉を食いちぎられたような男の死体が発見されてるねん。この記事で三人目やったかな。最初は野犬の仕業とちゃうかって言われてたみたいやけど、現場から走り去る人影を目撃した人物がいるとかで、今は殺人事件として調査されてるみたいや。犯人はまだ見つかってへんらしい」

「怖いですね……」

「繭子ちゃんも気をつけや。夜は外に出ぇへんほうがええよ」

水月に注意をされて「はい」と頷く。

新聞を置いて湯呑みを手に取り、水月が水に口をつける。

繭子はあらためて自分の仕事内容を確認した。

「水月さん、家のことと店番って、具体的に何をしたらいいのでしょうか？」

「掃除と洗濯と料理やろか。あとは、俺が執筆している間に、帳場に座っといてくれたらええよ」

「お客さんが来たらどうしたらいいですか？」

「適当に接客しといて」

「…………」

指示がざっくりとしすぎていて困る。

貸本屋の仕事経験はないが、逢津の呉服屋で働いていた母の姿は見ている。呉服屋の主人夫婦から礼儀も仕込まれているので、なんとかなるだろう。

「大丈夫、大丈夫」と口の中でつぶやく。思い悩んでいても前に進めない。

「ああ、そうや。他にもお願いがあるんやけど」

水月が思い出したように続けた。

「繭子ちゃん、小説のモデルになってくれへん？」

「モデル？」

小首を傾げた繭子に、水月が笑いかける。

「俺が書いてる小説に、繭子ちゃんぐらいの年齢の女の子が出てくるねん。彼女に深みを出すために、女の子が普段どんなふうに生活をしていて、何を考えているのか知りたい。モデルと言っても、繭子ちゃんは気負わず普通に過ごしてくれたらええよ」

何か特別なことをしなければならないのかと身構えていたので、普通でいいと言われ、ほっとした。

「かしこまりました。それでは、これからよろしくお願いします。ご主人様」

雇い主に対し丁寧《ていねい》に頭を下げる。繭子の堅苦しい様子を見て、水月が笑った。

「ご主人様やなんて。水月のままでええよ」

「……そう言われましても……」

藺子は困惑《こんわく》した。出会ってから今まで「水月さん」と呼んでいたが、これからもそう呼ぶのは、雇用主に対して馴れ馴れしい気がする。

悩んでいたら、水月が弱ったような顔で頭を掻いた。

「正直、ご主人様なんて言われたら、くすぐったくてしゃあない。先生って言われるだけでもかなんのに。俺はそんな大層な人間やないよ」

水月がひらひらと手を振る。藺子は「それなら」と彼の要望に応えることにした。

「では、水月さんのままで」

「二階の座敷が空いているから、藺子ちゃんはそこを使ったらええよ。案内するわ」

水月に「こっちやで」と手招《てまね》かれ、箱階段へ向かう。

階段を上った先は板間で、両側に一つずつ部屋があった。水月が片方の襖《ふすま》を開け、藺子に中を見せる。畳敷きで広さは六畳ほど。部屋の隅には衣桁《いこう》があったが、他には何もない。

「この部屋を使ってくれたらええよ。布団は……っと」

水月が押し入れを開け、寝具一式を引っ張り出す。「よっこいしょ」と、やや爺《じじ》くさい掛け声とともに畳に下ろす。

「しまい込んでたから埃臭《ほこり》いけど、かんにん」

「大丈夫です。明日、干します」

「俺の部屋は向かい。まだしばらく下にいるし、何かあったら声かけてな。ほな、ごゆっくり」

階段を下りていく水月を、繭子はお辞儀で見送った。

「今日からここが私の部屋……」

明日から本格的に京都での生活が始まる。水月のもとで働きながら、父の行方も捜さないと。

繭子の口からあくびが漏れた。今日はいろいろなことがあって疲れた。

着物を脱いで衣桁に掛け、水月が出してくれた布団を敷いて潜《もぐ》り込む。埃っぽくてくしゃみが出たが、繭子はいつの間にか眠りに落ちていた。

＊

翌朝、鐘の音で目が覚めた繭子は、一瞬、自分がどこにいるのかわからなかった。

見知らぬ天井を見上げ、ぼうっとする。

(……あ、そうだ……私、志賀から出てきて……奉公する予定だったお店がなくな

って いて……偶然知り合った小説家の人の家で女中をすることになったんだ……）

昨日の出来事が蘇り、「あっ！」と声を上げて飛び起きる。

「仕事しないと！」

繭子は襦袢《じゆばん》一つになっていた体に着物を羽織り、手早く帯を結んで身だしなみを整えた。

一階へ下りると、座敷の座布団の上で仙利が丸まって眠っていた。水月の姿は見えない。繭子の気配に気が付いたのか、目を開けた仙利はふわぁとあくびをした。

「繭子。おはよう」

「仙利さん、おはようございます。水月さんは、まだ起きておられないのですか？」

「部屋で寝ているんじゃないか。昨夜は遅くまで執筆していたようじゃから」

「そういえば、締め切りを破っていらっしゃるんでしたっけ」

インスピレイションがどうのと言っていたが、多少は進んだのだろうか。

繭子は板間の舞良戸を開け、土間へ下りた。立派な竈《かまど》が目に入る。流しには水道が引かれていて、使い勝手が良さそうだ。

紐で襷掛《たすきが》けをして、水道の栓を開けて顔を洗う。手ぬぐいで水気を吸い、さっぱりしたところで周囲を見回す。

「何か食材はあるのかな?」

台所中を探し回り、見つかったのは米と味噌《みそ》と鰹節《かつおぶし》、それから僅《わず》かな調味料。氷冷蔵庫もあったが、中は空だった。野菜なども見当たらず、繭子は途方に暮れた。

「うーん、どうしよう……」

朝食の献立《こんだて》に頭を悩ませる。

「仕方ない。とりあえず、お米を炊《た》こう」

まずは竈に火を入れてから、米を桶《おけ》に取り、といだ。鰹節を削《けず》りながら四半刻《しはんとき》ほど待った後、米を羽釜《はがま》に移し替えて竈に載せる。炊き上がるのを待つ間に味噌汁を作る。

せっせと朝食の準備をしていたら、背後でガタンと音がした。振り返ってみれば、寝ぼけ眼《まなこ》の水月が立っている。

「おはよう……。なんだか、ええ匂いがするね」

目をこすりながら挨拶をされ、「おはようございます」と返す。

「朝ご飯、もうすぐできますので、少し待っていてくださいね」

「ん」

水月は短い返事の後、土間に下りてきて顔を洗い、のっそりした動きで戻っていった。非常に眠そうなので、夜遅くまで執筆していたというのは本当なのだろう。

そうこうしているうちにほど良い時間が過ぎたので、竈の火を調節し、さらに待つ。炊き上がったら蓋《ふた》を取らずに蒸らし、その間に食器の用意をする。

「さて、そろそろいいかな？」

充分待って羽釜の蓋を開けると、米がふっくらと炊き上がっている。飯櫃《めしびつ》に移した後、水で濡らし塩をまぶした手にしゃもじでご飯を取り、くるくると回しながら三角に握る。

「熱っ」

火傷《やけど》しそうな温度なので、繭子の手のひらがあっという間に赤くなる。

一膳《いちぜん》分だけ残して全ておむすびにすると、お茶を淹《い》れ、具のない味噌汁と一緒にお盆に載せて座敷へ運んだ。

「水月さん、お待たせしました。朝ご飯できましたよ」

縁側に座り、仙利を膝《ひざ》に乗せてうとうとしていた水月が目を開けた。

「んん……ご飯？」

寝ぼけている水月に、もう一度声をかける。

「朝ご飯ですよ」

「あ、ご飯ね。作ってくれたんやね、おおきに」

大あくびをする水月の膝から、仙利が飛び下りる。ちゃぶ台の前に移動した水月は、食卓を見るなり目を丸くした。

「ちゃんとしたご飯や！」

「野菜が何もなかったので、塩むすびと味噌汁だけです。ちゃんとしてないですよ。お口に合えばいいのですけど」

申し訳ない気持ちでそう言ったが、水月は首を横に振った。

「そんなことないで。ほんまにちゃんとしてる。こんなにまともな朝ご飯、家で食べるの、久しぶりやで」

目を輝かせる水月を見て、繭子は「この人、普段何を食べてるんだろう」と首を傾げた。

（食材なんにもなかったし、もしかして家でご飯食べないのかな？）

昨夜は蕎麦屋にいたので、彼の食事は外食が主なのかもしれない。外食ばかりでは、きちんと栄養が摂《と》れているのか心配だ。

（女中として、ご主人様の健康を支えないと！　困っているところを助けてもらったんだもの。恩返しをしないとね）

『お世話になった方には恩返しをしましょうね。もしその方に返せないのなら、自分がしていただいた分、他の方にしてさしあげるの。そうすると、善意の輪は広がっていくのよ』

　母の言葉を思い出し、やる気に燃える。

「食べてええ？」

　水月が、まるで「よし」を待つ犬のような、きらきらした瞳で繭子を見ている。

　繭子は笑顔で「どうぞ」と促した。

「いただきます。んっ！　おむすび、おいしいわ！　塩加減もええし、握り方も上手やね」

　真っ先に塩むすびに齧り付き、水月が顔を輝かせた。

「そんなに喜んでいただけるとは思わなかったです」

　大げさな反応に面食らう。

「繭子。儂のご飯はどこにある？」

　仙利が、ちょいちょいと繭子の膝を叩いた。繭子は一膳分だけ残したご飯と鰹節を混ぜて作った猫まんまを、仙利の前に置いた。仙利もさっそく丼鉢に顔を突っ込み、食べ始める。

「すみません。図々しく私の分も作ってしまったのですが、あちらでいただいてもよろしいでしょうか？」

　台所にはもう一膳、食事が用意してある。繭子がそちらを指差し確認すると、水

月は、

「持っておいでよ。一緒に食べよう」

と誘った。

逢津の呉服屋では、使用人たちは主人夫婦とは別室で食事をしていた。同席するなんて失礼なことはできないと、「ご主人様と一緒に食事だなんて……」と激しく両手を横に振ったら、水月はきょとんとした。

「なんで？　一緒に食べたほうが楽しいやん。早く持っておいで」

「でも……」

「ええから」

水月に急かされ、繭子は迷った後、台所から自分の膳を持ってきた。遠慮がちに水月の向かい側に腰を下ろす。「いただきます」と手を合わせる。

（なんだか緊張する）

黙々《もくもく》とおむすびを食べていると、水月が繭子の口元を指差した。

「ご飯粒、付いてるで」

「えっ？」

慌てて口元をこすったが、

「そっちやないよ、こっち」

水月が手を伸ばし、繭子の顔から米粒を取ってくれた。

「す、すみません……！　お手を煩《わずら》わせてしまって」

「堅いなぁ。もっと気楽にしてくれてええのに」

狼狽《うろた》える繭子を見て苦笑を浮かべた後、水月は何気ないしぐさで取った米粒を口に入れた。

（あ、食べちゃった……）

繭子はぽかんとした。水月は気にする様子もなく味噌汁を飲んでいる。彼はおおらかな性格のようだ。

「おいしかった。ごちそうさま」

朝ご飯を綺麗に平らげ、満足した表情で手を合わせた水月に、繭子は遠慮気味にお願いをした。

「お粗末様《そまつさま》でした。あの……食材を買ってくださったら、毎日、もっとおいしいご飯が作れると思うのですが……」

水月が手を打ち合わせ、「それはええね」と笑う。

「ほな、後で錦市場《にしきいちば》へ行こか」

「錦市場？」

「昔っからある市場やけど、魚とか野菜とかいろんなもん売ってるし、うちから近いからすぐ行ける」

　蘭子が食器を片付けた後、外出の準備をして、二人は壱村邸を出た。「儂も行く」と言ってついてきた仙利は器用に水月の肩に乗っている。水月よりも後ろを歩きながら、蘭子は、ゆらゆら揺れる仙利の尻尾を眺《なが》めた。明るい太陽のもとで見ても、やはりその尻尾は二股に分かれている。

「蘭子ちゃん、なんでそんなに後ろを歩いてるん？　はぐれてまうし、もっとこっちにおいで」

　水月が足を止め、振り向く。主人と肩を揃《そろ》えるわけにはいかないと躊躇していたら、「ほら、早く」と急かされた。おずおずと隣に並ぶ。水月は満足そうな顔をして、再び歩き始めた。

　鼻歌を歌う水月を見上げ、何か話したほうがいいのだろうかと考える。蘭子は朝聞いた鐘の音を思い出し、

「そういえば、家と同じ通りにお寺がありましたね」

　と尋ねた。水月が「ああ、あそこ」と笑った。

「頂法寺《ちょうほうじ》やで。本堂が六角形やから、六角堂《ろっかくどう》って言われてる。朝昼晩と鐘が鳴るから、時間がわかりやすくて助かってる。もう少ししたら、境内《けいだい》の桜も咲くんとちゃうかな。綺麗やで」

「今度、お参りに行ってみよう」などと考えながら、水月を見上げる。水月は藺子よりもかなり背が高く、足が長い。歩幅が大きいはずなのに、ゆっくりと歩いているのは、藺子の速度に合わせてくれているのだろう。

六角通を東へ進む。この通りは老舗《しにせ》商店が多いのか、歴史がありそうな人形店や扇店が並んでいる。

途中で南へ下ると、狭いが賑やかな通りに出た。大勢の人が行き交い、混雑している。あちこちから「いらっしゃい！」「ええ魚が入ってるで！」と、威勢《いせい》のいい呼び声が聞こえる。

「わぁ！　お店がいっぱいありますね。ここが錦市場なんですか？」

藺子は弾んだ声を上げた。

「藺子ちゃん、何を買いたい？」

水月に聞かれて、「えーっと」と考える。

「そうですね……お魚もですし、野菜や、玉子もあればいいなと思います」

「ほな、まずは青物屋《あおものや》に行こか」

買い物客で賑わう市場を、水月が先に立って歩いていく。藺子はその後に続いたが、混み合っているので、すぐに誰かとぶつかってしまう。

「ごめんなさい」「すみません」としきりに謝っている藺子に気が付いたのか、水月が振り返った。

「繭子ちゃん、大丈夫？　手を繋ごうか？」

心配して手を差し出してくれたが、繭子は慌てて「大丈夫です」と断った。男性と手を繋いで歩くなんて、人から眉をひそめられるかもしれないし、それ以上に繭子は他人の体に触れることが苦手だ。

「そう？　気をつけて」

水月が繭子のすぐ前に立った。人の間を抜け、繭子を庇《かば》うように道を作ってくれる。繭子は、水月の無言の優しさに感謝しながら、はぐれないように背中を追った。

「着いたで。野菜はここがおすすめ」

水月に連れられてきた青物屋は、老夫婦が切り盛りしている小さな店だった。野菜を並べていた婦人が二人の姿に気付き、顔を上げた。水月を見て人好きのする笑みを浮かべる。

「おや、頭領やない。仙利ちゃんも一緒なんやね」

「豆子《まめこ》さん、元気にしてはった？」

水月が気やすく話しかける。仙利が水月の肩から飛び下り、豆子に近付いた。豆子がしゃがみ込み喉を掻くと、仙利は「ゴロゴロ」と気持ちよさそうな声を出した。

（この方、水月さんのお知り合い？　頭領って？）

気になったものの自分からは質問せず、おとなしくしていたら、店の奥にいた主人も二人に気付き、前に出てきた。

「おお、壱村君、久しぶりやなぁ。今日も男ぶりがええね」

「嘉七《かしち》さん、お世辞はええよ」

水月が苦笑いをすると、嘉七は「はっはっは」と大きな声で笑った。嘉七の視線が繭子に向く。

「今日は可愛《かい》らしい子を連れてるなぁ」

「昨日からうちに来てくれた繭子ちゃんです。家事をお願いしてるんです」

紹介されて、繭子は急いで嘉七にお辞儀をした。

「木ノ下繭子です」

「壱村君のところで働くのかい？　気ぃつけや。壱村君はようもてて、手ぇも早いから」

「嘉七さん、ええ加減なこと言わんといてくれはります？　手が早かった覚えなんて、あらしません」

水月が肩をすくめ溜め息をつく。

藺子が戸惑い気味に水月を見上げたら、視線に気が付いた水月が弱ったような顔をした。

「誤解しぃひんといて。手なんて全然早くないし。真面目で誠実が俺の信条やで」

藺子と水月の様子を見ていた豆子が「ほほっ」と笑った。

「あんたが適当なこと言うから、この子に誤解させてしもたやん」

豆子は軽く夫を睨むと、藺子に向かって微笑んだ。

「藺子ちゃん、安心しよし。頭領は優しい人やし大丈夫やで。あんたのことも大事にしてくれはるよ。それに、ほら。頭領には厳しいお目付役がいはるから」

豆子が仙利の頭を撫でる。仙利は「そのとおり」と言うように「ニャーン」と鳴いた。藺子は豆子に向かって「そうですね」と笑いかけた。

水月が気を取り直したように豆子に尋ねる。

「豆子さん、今日のおすすめはなんです？」

「筍《たけのこ》のええのが入ってるよ。あとは、ふきのとうもおすすめやね」

「そやって。藺子ちゃん、どうする？」

ふきのとうは天ぷらにしたらよいだろうか。筍は炊いて鰹節と和《あ》えればおいしいに違いない。

藺子は頭の中で献立を考えると、

「では、それをいただきたいです」

と答えた。

水月が代金を払い、豆子に筍とふきのとうを買い物籠《かご》に入れてもらう。

籠を受け取った繭子と、仙利を抱き上げた水月は、青物屋の夫婦に手を振った。

「ほなまた」

「ありがとうございました」

お礼を言って店を後にしようとしたら、豆子が繭子を呼び止めた。

「繭子ちゃん、ちょっと待ち」

なんだろうと思って振り返ると、目の前に小さな布袋を差し出される。

「これあげる」

中に入っているものがわからず、もらっていいのか迷っていたら、豆子が繭子の手に布袋を握らせた。袋を開けてみると、つやつやと輝く小豆《あずき》が入っている。

「わぁ！　小豆だ！」

「赤飯でも炊きよし」

「いただいてもいいのですか？」

「ええよ。これからよろしゅうっていう挨拶代わり」

「ありがとうございます！」

豆子の好意が嬉しく、素直に頭を下げる。豆子は、孫に向けるようなまなざしで藺子を見つめ、

「頭領のこと、支えてあげてな」

と微笑んだ。

「あの、豆子さん、その『頭領』っていうのは……」

豆子が水月を「頭領」と呼ぶ理由が気になり、尋ねようとした時、

「藺子ちゃん、行くで。魚と玉子も買いたいんやろ？」

と、水月に急かされた。

「あっ、はい！　それじゃあ、豆子さん、また！」

慌てて豆子に会釈《えしゃく》をし、人の流れの中に立っている水月のもとへ急ぐ。

「お待たせしました」

「豆子さんに小豆でも、もろてたん？」

水月から尋ねられ、藺子は目を瞬かせた。どうして豆子がくれたものが小豆だとわかったのだろう。

「そうですけど……よくわかりましたね」

水月は布袋の中身を見たわけではないのに。

藺子が不思議に思っていたら、水月がにこりと笑った。

「豆子さんはいつも、ええなと思う相手には小豆をあげはるねん」

自分は豆子に気に入られたのだろうか。そうだとしたら嬉しい。

「さて、次の店に行こか」

歩きだした水月の後に付いていく。

(ええと、次はお魚と玉子。天ぷら用の油も買いたいな……)

指を折りながら考え事をしていたら、前方からやって来た五十がらみの男性にぶつかった。男性は、髪はぼさぼさで髭《ひげ》は伸びっぱなし。人相の悪い相手から眼光鋭く睨み付けられ、反射的に謝ろうとした瞬間、繭子の心臓がどくんと鳴った。思わず買い物籠から手を離し、地面に筍とふきのとうが転がる。

男性はよろめいた繭子を無視して、錦市場の買い物客の中へと消えていく。

胸が苦しい。背に嫌な汗が伝う。呼吸が浅くなり、目眩《めまい》がして立っていられない。

繭子はその場にしゃがみ込んだ。

付いてこない繭子に気が付いたのか、水月が振り返り、顔色を変えた。

「繭子ちゃん！　どうしたん！」

「水月さん……ごめんなさい、ちょっと気分が……」

「こっちにおいで」

水月は素早く野菜を拾い、籠を腕に掛けると、胸を押さえて眉間に皺を寄せる繭子を抱き上げた。

「……大丈夫です、歩けますから……下ろしてください……」

弱々しい声で頼んだが、水月は繭子を離さなかった。

「すみません、どいてください。通して」

肩で人をかき分け進む水月に、押しのけられた人々が迷惑そうな視線を向ける。

繭子はぐったりと、水月の体に身を預けた。

＊

あれは、父が姿を消して間もない頃のことだった。

大黒柱を失った天寧と繭子を気遣《きづか》い、近所に住む夫婦が頻繁《ひんぱん》に声をかけてくれた時期があった。

「天寧さん、何か困ったことがあったら相談してね」

「遠慮をしなくていいですから」

「いつも食材を差し入れしてくださってすみません、喜多乃《きたの》さん、竹造《たけぞう》さん。でも、私たちのことは、あまり気になさらないでください。お二人にも、さち子ちゃんがいらっしゃるのですから」

申し訳ない顔をする天寧に、竹造が、

「いやいや、かまいませんよ。繭子ちゃんを抱えて、天寧さんのほうが大変なんですから。繭子ちゃんに、うまいもん食べさせてあげてください」

と、人の好い笑みを向ける。

「本当にすみません。繭子もお礼を言って」

天寧に促され、繭子は素直に、

「おじちゃん、おばちゃん、ありがとう」

と、お礼を言った。

「繭子ちゃんはえらいねぇ」

「うちのさち子も、繭子ちゃんぐらい明るくて、礼儀が身に付いていればなぁ」

夫婦が顔を見合わせ、苦笑する。

二人の娘であるさち子は繭子と同い年。人見知りで引っ込み思案な少女だった。けれど、繭子が誘うと一緒に遊んでくれたし、繭子はさち子が好きだった。

「あっ、さち子ちゃん」

繭子は、玄関先からさち子が顔を覗かせていることに気が付いた。父と母を迎えに来たのだろうか。繭子は天寧のそばから離れ、さち子に駆け寄った。

「遊びに行こ？　野原に秋桜《あきざくら》が咲いてたよ」

いつものように誘うと、さち子は繭子を見つめ、口を開いた。

「行かない」

「どうして？」

「さち子。繭子ちゃんと遊んでおいで」

竹造に言われて、さち子が悲しそうな顔をする。身を翻したさち子の手首を、繭子は咄嗟に摑んだ。その瞬間、繭子の頭の中にさち子の大声が響いた。

『お父さんもお母さんも繭子ちゃんのことばっかり！　おうちでも、繭子ちゃんのこと、さち子より良い子だって褒《ほ》める。お父さんがいなくなって可哀想可哀想って！　わがままも言わずお母さんを支えてえらいって！　さち子だってわがまま言わないのに……！　繭子ちゃんなんて嫌い！　繭子ちゃんがいるから、お父さんとお母さんは、さち子を褒めてくれない！』

繭子はさち子から手を離した。さち子が繭子をひと睨みし、走り去っていく。

「さち子、どこに行くの！　ごめんなさい、天寧さん。また」

喜多乃が慌てて天寧に会釈し、さち子を追いかけ出ていった。

「ごめんよ、繭子ちゃん。さち子が愛想がなくて。あの子も、繭子ちゃんみたいに愛敬《あいきよう》があるといいんだけどなぁ」

ふぅと溜め息をつく竹造を見上げ、繭子はおずおずと言った。

「さち子ちゃんは、おじちゃんとおばちゃんが褒めてくれないから、繭子のことが嫌いなんだって……」

繭子の言葉を聞いた竹造は目を瞬かせた。

「どういうことだい？」

「おじちゃんとおばちゃんが、繭子のことを可哀想だって言うのが、嫌なんだって……。お父さんはいなくなっちゃったけど、繭子、可哀想じゃないよ……お母さんがいるもん……」

両手を握って涙目になった繭子を見て、竹造が戸惑いの笑みを浮かべながら、頭を撫でた。

「可哀想と思っているわけではないよ。大変だろうから、力になりたいんだ」

「お父さんがいなくても、繭子、おかしくなってないよ……？　嘘も変なことも言ってない。さっき、さち子ちゃんが本当にそう言ってたんだもん……」

竹造が、パッと繭子の頭から手を離した。

「繭子、何を言っているの？　竹造さんに失礼なことを言っては駄目よ」

天寧が困惑した表情で繭子を注意する。

竹造は天寧を振り向くと、硬い表情で続けた。

「私たちは余計なおせっかいをしていたようですね。……失礼します」

背中を向けて玄関を出ていった竹造は、一瞬、繭子を見て顔を歪《ゆが》ませた。まるで「なんで考えていることがわかったんだ」とでも言うような、気味の悪そうな表情だった。

「繭子」

天寧が両手を広げて繭子を呼んだ。繭子は天寧のもとへ走り寄り、胸の中に飛び込んだ。

「人様のご厚意に対して、あんなふうに言ってはいけないわ」

母の悲しい気持ちが伝わってきて、繭子の目から涙がこぼれた。

自分は、さち子と竹造が繭子に対して抱いた感情を、そのまま口に出しただけだ。嘘なんて言っていない。けれど、竹造と母の反応から、それは良くないことだったのだと思った。

「うん……ごめんなさい……」

その日以来、竹造と喜多乃夫婦は訪ねてこなくなり、さち子からも無視されるようになった。

竹造一家が繭子のことを「変に賢《さか》しくて、恩知らずな子だ」とでも話したらしく、繭子と天寧は近所の人々から避《さ》けられるようになった。繭子は友達を失い、天寧も孤立した。

そんな時に声をかけてくれたのが、悟が勤めていた呉服屋の主人夫婦だった。

「噂なんて気にしなくていいよ」と言ってくれた優しい夫婦に嫌な思いをさせたくない。何より、母に苦労をかけたくない。

藾子は、いつの頃からか聞こえるようになった他人の本音は、口に出してはいけないものなのだと、子供心に理解した。


「……ごめん、なさい……」

眠っていた藾子は、自分の声で目を覚ました。

昔の夢を見ていた気がする。胸の中に、切なく悲しい気持ちが残っている。

母を探そうとしていたのか、片手を上げていた。

ぼんやりとしていたら、伸ばした手を握った人がいた。

「藾子ちゃん！　目が覚めた？」

視界に入ったのは、心配そうな水月の顔。

意識が一瞬で覚醒《かくせい》し、藾子は咄嗟に水月の手を振り払った。半身を起こして、水月から離れる。

藾子の反応に驚き目を丸くしている水月の横で、仙利が「ニャア」と鳴いた。

「藾子、体調はどうじゃ？」

落ち着いた声で問われてハッとした。

「ご、ごめんなさい、水月さん……！」

自分は錦市場で男にぶつかって、急に体調をくずし、水月に抱えられて家に戻ったのだ。水月に薬をもらって自室で横になって休んでいるうちに眠ってしまった。

心配してくれた彼の手を振り払うなんて失礼だったと、繭子がしょげていると、水月は気遣うように顔を覗き込んだ。

「すごくうなされてたで。しきりに謝ってたけど……何か悪い夢でも見てた？」

「大丈夫です。ご迷惑をかけてしまって本当に申し訳ありません……」

体調をくずして主人の手を煩わせるなんて、女中失格だと落ち込む。

「迷惑やなんて、そんなことないで。もしかして繭子ちゃんって体が弱いん？　人混みはあかんかった？」

繭子は情けない気持ちで答えた。

「すみません。時々、突発的に胸が苦しくなって、目眩がしたり立っていられなくなったりするんです……」

「そういう体質なんやね。ほんなら、具合が悪くなった時は遠慮なく言うてな」

「いいえ！　今後は気をつけますので！」

強く答えた繭子に、水月が真面目な顔で言い聞かせる。

「体が弱いなら無理しぃひんでええし、しんどい時はちゃんと言うて。遠慮はなしやで」

しゅんとしている繭子を元気づけるように、ぽんぽんと頭を叩く。優しく接してくれる水月の手を今度は振り払えず、繭子はされるがままになった。

水月は微笑みを浮かべていたが、繭子には、彼が心の中で繭子に対し、申し訳なく思っている気持ちが伝わってきた。

昨日、志賀から出てきたばかりの繭子は疲れていたのだろう、自分が錦市場なんて人の多いところに連れていかなければ、倒れることもなかったかもしれない――

水月の後悔を感じ、繭子はますますつらくなった。膝の上で、ぎゅっとこぶしを握る。

「水月さんのせいではないです。市場に行きたいって頼んだのは私です。私が勝手に倒れたんですから、本当に気にしないでください……」

水月が繭子の頭から手を離した。怪訝そうに目を細める。

「――繭子ちゃん、それ、どういう意味？」

「えっ？」

繭子は一瞬、水月に何を聞かれたのかわからなかった。けれど、すぐに自分が余計なことを言ったのだと気が付いた。

水月は繭子をいたわって笑みを浮かべていた。後悔は心の中に秘めているだけで、表には出していなかった。

「そ、それは……その……水月さんがすごく気を遣ってくださるので……気にしないでいただきたくて……」

狼狽える繭子を、水月は静かに見つめている。

「初めて会った時から不思議に思っていたんやけど、君はもしかして、相手が何を考えているのかわかるんやない？　鋭い、というのとはちょっと違う。そうやね、例えば――」

握りしめていた繭子の手に、水月が手を重ねる。

『体に触れたらわかるとか？』

心の声で問いかけられて、繭子は驚きで息を呑んだ。

水月がにっと唇の端を上げる。

「やっぱりそう？」

繭子の血の気が引いた。

「何をおっしゃってるんですか？　そんなこと、できるはずがないじゃないですか……！」

焦《あせ》る繭子の口元が引きつる。水月の手を振り払おうとしたら、さらに力を込められた。水月の声が直接、頭の中に響く。

『君の事情を話して』

藺子は迷った。正直に答えるべきなのか。本当のことを話したら、水月はどんな顔をするだろう。

不安を感じていたら、彼は優しく微笑んだ。

「俺には君の大変さがわかる。そやから安心して」

今まで誰にも――母にも打ち明けたことのない秘密を、この人に話していいのだろうか。

隠していた力を知ったら、かつて親切にしてくれた人たちのように、彼も藺子を気味悪がり、離れていってしまうのではないだろうか。

幼い頃の自分が頭の中で警告してくる。「言わないほうがいい。あなたの力は人を傷つけるものだから」と――

「私は、人の心なんて読めない……」

俯いて嘘をつこうとした時、『大丈夫、俺は君の味方やから』と励ます水月の心の声が聞こえた。

藺子は顔を上げた。水月が強い瞳で藺子を見つめている。そのまなざしに何もかも見透かされているように感じ、藺子は観念して小さな声で告白した。

「……水月さんの言うとおりです。私、人の体に触れると、その人の考えていることがわかるんです」

水月がゆっくりと頷いた。繭子から手を離す。

「やっぱり、そうやったんや。そやから、スリの真犯人を当てることができたんやね」

「最初から疑ってらしたんですね。でも、どうして？」

心の声が聞こえる人間がいるなんて、普通は想像もしないだろう。

「俺の周りには不可思議な力を持っている人が多いしね。――知ってる？　昔々、この国には、モノノケと呼ばれる者たちが存在してたんやで」

「モノノケ……？」

突然始まったおとぎ話に、繭子は首を傾げた。

「モノノケはいわゆる妖怪のこと。鬼とか雪女とかろくろ首とか、いろいろいるやん？」

「はい。妖怪は知っています」

様々な土地の伝承の中に存在する人ではないもの。特異な力を持ち、時には人間に害を為す。けれどその存在は迷信で、例えば、人が暗闇を恐れる気持ちだとか、教訓だとかが形を取ったものにすぎない。

繭子はそう思っていた。

　水月が話を続ける。

「モノノケは時に人に化けて、人と婚姻《こんいん》した。今の世の中にも、モノノケの血を引く子孫たちは生きている。モノノケの子孫は基本的に人間と変わらへんけど、中には先祖と同じ力を持って生まれてくる者がいる。いわゆる先祖返りやね。自分がモノノケの血を引いていると知っている者もいれば、気付いていない者もいる。つまり、俺が何を言いたいかというと、人の心の声が聞こえる繭子ちゃんもモノノケの子孫なんやないかな、ってこと」

「は、はい？」

　繭子は目を瞬かせた。

「私がモノノケの子孫？」

　動揺している繭子に、水月が微笑を向ける。

「心配しなくてもいいで。言うたやろ？　俺の周りにはそういう人が多いから、慣れてるねん。今日、買い物をした錦市場の豆子さんやって『小豆洗い』っていうモノノケの子孫やで」

「えっ、豆子さんが？」

　帰り際、小豆をくれた豆子の正体を知って驚いた。

「もしかして……水月さんもモノノケの子孫なんですか？」

薗子の質問に、水月は特に隠すでもなく、さらっと答えた。

「俺のご先祖様は天狗やったらしいで」

「ええっ！　天狗！」

まじまじと水月を見つめる。

天狗といえば、赤い顔に高い鼻をした山伏《やまぶし》姿や、烏《からす》のような嘴《くちばし》と翼を持っている姿を想像する。けれど水月はどこからどう見ても人間だ。

「水月さんは全然天狗に見えないです……」

困惑した表情でそう言うと、水月は明るく笑った。

「外見はね」

帯に差していた扇子を抜き取る。その先で頭を掻いた。

「そやけど、天狗っぽいところもあって……」

片手で扇子を開き、小さく振る。

閉め切った部屋の中にそよ風が起こり、薗子の髪をふわりと揺らした。

「もしかして、スリの犯人を吹き飛ばしたのって……」

「そう。俺の力。多少だけど風を起こせる。あとは人よりもちょっと身体能力がいってところやろか。天狗って、傲慢《ごうまん》な僧侶が転生した姿だとか、恨みを持って亡くなり怨霊《おんりょう》となった人の姿だとか、諸説あるけど、修験道《しゅげんどう》では山の神とも言われていたんやって。山の中で暴風雨を起こしたり、自由に空を飛んだりもできたらしいで」

水月が扇子に手を添え、ぱたぱたと閉じる。繭子は、帯に扇子を差し戻す水月を見つめた。水月が顔を上げ、繭子と視線を合わせて「他に聞きたいことある？」と言うように、にこりと笑う。

繭子はおずおずと尋ねた。

「水月さんは……天狗の力があって、困ったことはなかったのですか？」

繭子の質問に、水月が目を瞬かせる。

「困ったこと？」

「好きで天狗の力を持って生まれたわけではないですよね……？」

人の心を読む力を持っていることで、繭子は今まで好むと好まざるとにかかわらず人の本音を聞いてきた。誰に対しても悪意を抱かなかった母、天寧のような人もいれば、心の中に、怒り、妬《ねた》み、悲しみ、憎しみ、侮蔑《ぶべつ》、不満、悪意などの感情を抱えている人もいる。強い負の気持ちに触れると胸が苦しくなり、繭子は体調をくずしてしまう。

きっと水月も、自分のようにモノノケの力を持つことで、つらい思いをしてきたのではないだろうか。

しゅんとしている繭子を見て、水月が片手をひらりと振った。

「昔はこの力のせいでいろいろあったけど、今はうまく付き合ってるで。それよりも、繭子ちゃんのモノノケとしての血筋やけど……人の心を読むことのできるモノノケといえば、サトリやないかって思うねん」

水月の推測を聞いて、繭子は首を傾げた。

「サトリ？」

「人の心を読むだけで、特に危害のないモノノケやったとか、隙あらば人を取って喰《く》おうとするモノノケやったとか言われているけど、繭子ちゃんの先祖は人間と婚姻したわけやから、害のないサトリやったんやろうね」

「私、サトリの子孫だったんだ……」

モノノケの血を引いていると言われて衝撃を受けたが、自分の持つ妙な能力に説明がついて、不思議と肩の力が抜けた。

「意外とあっさり受け入れたね？　仙利が猫又やって知った時もそうやったし。繭子ちゃんは素直なんやなぁ」

水月が感心したように繭子を見る。繭子は複雑な表情で微笑んだ。

「素直かどうかはわかりませんけど……私が人の心を読むことができるのは事実で

すし、人知を超えた物事がこの世にはあると身をもって知っていましたから。むしろ、サトリの子孫だとわかって、ずうっと悩んでいた力に説明がついた気持ちです」

「繭子も我らの仲間ということだな」

仙利が繭子の膝の上に飛び乗り、ぱたりぱたりと尻尾を揺らす。

「私、京都で水月さんに出会えてよかったです。行き場がなかった私を助けてくださったことも感謝していますし、先祖のことも教えてくださってありがとうございました」

繭子が丁寧に頭を下げると、水月は照れくさそうに鼻を掻いた。

「そう言うてくれると嬉しいなぁ」

「私がサトリの子孫でも……これからも、おそばに置いてくださいますか……？」

水月も心を読まれることが嫌かもしれないと思い、おそるおそる確認する。すると、満面の笑みが返ってきた。

「何言うてんの。あたりまえやん。繭子ちゃんは俺たちの同胞《どうほう》やで。なぁ、仙利」

水月に振られた仙利は「そのとおり」と言うように「ニャァン」と鳴き、繭子の手をペロリと舐《な》めた。二人の優しさが胸に沁みて、繭子は熱くなった目元をさりげなく押さえた。

「藺子ちゃん、もしかして今回体調をくずしたのは、サトリの能力と関係があったりする？」

水月に尋ねられ、藺子はこくんと頷いた。

「私、強い負の感情を持っている人と接触すると、胸が苦しくなるみたいなんです。あの時、錦市場でぶつかった男の人も、すごく物騒なことを考えていたんです」

藺子は錦市場で読み取った男の心の声を思い返した。

『どこだ。どこに逃げた。奥様とお嬢様を殺したあの男。絶対に見つけ出して、殺してやる！』

男は誰かをひどく憎み、捜しているようだった。

そう話すと、水月はすっと目を細めた。

「藺子ちゃんにぶつかってきた男、そんなことを考えてたん？　物騒やな……。他には何か言ってた？」

「『奥様はお嬢様のご結婚を本当に喜んでいらっしゃったんだ。幸せに溢《あふ》れていたご一家を死に追いやったあいつを俺は絶対に許さない。地獄の底まで追いかけて、あいつらと同じように喉を食いちぎって八つ裂きにしてやる！』……って言っていました」

「仇討《あだう》ちか？　あいつらと同じようにってことは、既に何人か殺してるってことなんかな……。喉を食いちぎって八つ裂きか……」

水月は、ぶつぶつつぶやきながら考え込んでいる。

「──そうか！」

何か気付いたのか、いきなり立ち上がると、藺子の部屋から飛び出した。階段を下りる足音が聞こえてくる。

すぐに戻ってきた水月は、手に昨夜の新聞を握っていた。

藺子のそばに座り直し、「これや！」と紙面を叩いた。

「猟奇殺人事件の記事？　もしかして関係があるんですか？」

紙面を覗き込み、藺子は首を傾げた。

「そう。藺子ちゃんを突き飛ばしたのは、きっとこの事件の犯人や！」

「ええっ！」

そんな恐ろしい人と接触していたかと思うとぞっとして、藺子は身を震わせた。

「でも、あの人は普通の人みたいでした。人間に他人の喉を食いちぎるような殺し方ってできますか？　そんなの、まるで野犬か狼《おおかみ》みたいです」

「方法はまだわからへんけど、殺人の動機は奥様とお嬢様を殺されたからやろうね。最近、そういう殺人事件があったやろか……あっ！」

水月は血相を変えて再び立ち上がると、今度は自分の部屋に飛び込んでいった。すぐに別の新聞を手に戻ってくる。日付が半月ほど前のものなので、水月が自室に保管していた一部なのだろう。

「おそらく、この事件が原因や」

水月は手早く新聞をめくり、薊子に見せた。そこに印刷された『老舗白生地問屋、襲われる！　一家惨殺！』との衝撃的な一文を見て、薊子は息を呑んだ。

「これって『三白屋』さんの事件！」

薊子は水月から新聞を受け取ると、記事に視線を走らせた。

『三白屋』に強盗が押し入り金目のものを盗んでいった、その際に家人を全て殺してしまった——という旨の内容が記されている。

「『三白屋』さんには婚礼を控えたお嬢様がいらしたって書かれていますね。第一発見者は番頭さんだったって……」

『三白屋』の娘は結婚前の幸せな時に命を奪われ、さぞや無念だっただろう。

「薊子ちゃんにぶつかってきた男が言っていた、殺されたお嬢様というのは、この子のことやないかな？」

薊子は新聞から顔を上げた。水月と目と目を見合わせ、二人同時に頷く。

「男が殺した『あいつら』というのは、『三白屋』を襲った強盗に間違いあらへんと思う」

水月の推理に繭子は興奮した。

「犯人は仇討ちをしているんですね。まだ捜しているということは、他にも強盗の仲間がいるのかも……！」

「そうやろうね。逃げている強盗犯は、身の危険を感じて、どこかに隠れているんかもしれへん」

「じゃあ、強盗犯を先に見つけて、危ないって教えてあげないと！」

繭子は自分が口にした言葉に「あれっ？」と首を傾げた。

人を殺した強盗犯と、仇を討ちたい殺人犯。

錦市場でぶつかった男の気持ちを思えば、強盗犯が仇討ちで殺されても、因果応報ではないだろうか。

難しい顔をして黙り込んだ繭子を見て、何を考えているのか察したのか、水月が静かに問う。

「殺人犯が捜している相手は『三白屋』に押し入って家人を殺し、金目のものを奪って逃げた極悪非道の強盗犯やで。繭子ちゃんはそんな人間を本当に助けたい？」

（大切な人を殺されたら私だったらどうする？　もしお母さんが誰かに殺されたら許せない。相手のこと、殺してやりたいって思うかもしれない……）

　そう考えて、繭子は自分の思考にぞっとした。

（駄目だよ！　人が人を殺すことを認めるわけにはいかない。それに、仇討ちで連続殺人の罪を背負うなんて悲しすぎる）

「私、それでも、狙われている強盗犯を助けないといけないって思います。もちろん、強盗犯を逃がすわけではなくて、警察に捕まえてもらって、罪を償ってもらいます」

　きっぱりと言い切ると、水月は、ふっと目を細めた。口元に笑みが浮かんでいる。

「そうか……君はそう言うんやね。ほな、逃げている強盗犯を、殺人犯よりも先に見つけよう」

「はいっ！」

「じゃが二人とも、どうやってその強盗犯を捜すのかね？」

　仙利に問われ、繭子と水月は眉間に皺を寄せた。

「本当ですね。どこの誰だかわからないですものね……」

「一つ確かなのは、そいつら強盗犯がまともな奴やないということや。どこかのやくざ者なんとちゃうかな。ああいう奴らが集まる場所といえば……」

　水月は考え込んだ後、ぼそりとつぶやいた。

「あの人に聞きに行ってみるか……」

「あの人って？」

藺子の質問には答えず、水月は「俺に任せとき」とだけ言って、安心させるように微笑んだ。

＊

『星林文庫』の店番を藺子に任せ、外出した水月は、一人、室町通を歩いていた。

今朝、仕事をお願いすると「店番、初めてですけれど頑張ります！」と気合いたっぷりに答えた藺子を思い出し、くすっと笑う。

（仙利を付けてきたし、大丈夫やろ）

気楽に考えながら周囲を見回す。この通りには和装関係の大店が多く、一軒一軒の建物が大きい。

一際《ひときわ》立派な、かつて『三白屋』と呼ばれていた建物の前で立ち止まる。しんと静まりかえっている京町家の屋根に鍾馗《しようき》像《ぞう》がいる。魔除けの鍾馗像は『三白屋』を厄災から守ることができず、悔しがっているに違いない。

水月は京町家を見つめてつぶやいた。

「強盗に入られたにしては、どこも破損してへんなぁ……」

戸を破られた形跡も、格子窓を壊された形跡もない。

「番頭が出勤してくるまで誰も惨劇に気付かへんかったみたいやし、無理に押し込まれたわけやなさそうやな……」

『三白屋』をしばらく観察した後、水月は再び歩きだした。

（ちょっとこのあたりの店を回って話を聞いてみるか。その後は、あの人に会いに行こう……）

高瀬川《たかせがわ》沿いの小道は、両側に立ち並ぶ店の明かりで昼のようだった。

この一角は江戸時代から続く遊郭《ゆうかく》だ。芸妓は三十人に足らないぐらいだが、娼妓《しょうぎ》は九百人以上という、京都ではかなりの規模を誇っている。

歩いているのは男ばかり。妓楼《ぎろう》の格子窓を覗いては暖簾を潜っていく。

（ここは変わらへんなぁ……）

華やかだが、どこか陰鬱《いんうつ》とした雰囲気の漂《ただよ》う町を見て感傷的になる。

唐破風《からはふ》の屋根が目立つ妓楼へ着くと、水月は慣れた足取りで中に入った。玄関すぐ右手が格子窓の付いている部屋だ。ちらりと目を向ければ、何人もの女性の写真が飾られている。かつてはそこに女性自身が座り、遊客《ゆうかく》に選ばれるのを待っていたが、今は人権上の理由から写真へと変わった。

奥から女将が出てきた。三つ指をついて「おこしやす」と挨拶をする。

二階へ案内され、小部屋へ通される。

「今夜はどの妓《こ》にしはりますか？」と尋ねられたので名前を告げる。空いているとのことで目的の部屋へ向かうと、しどけなく着物を着崩した娼妓が待っていた。瓜《うり》実顔《ざねがお》で、すっとした目元に紅を引いている。同じく紅を塗った唇のそばに、小さなほくろがあった。

「ようこそ、おこしやす」

お辞儀をして顔を上げ、にこりと笑う。

「どうぞごゆっくり」と言って女将が出ていくと、娼妓は途端《とたん》に満面の笑みに変わり、

「水月ぅ！」

と甘えた声を出した。

「うちに会いに来てくれたん？」

「小絲《こいと》」

「元気やった？」と尋ねようとして、水月は言葉を飲み込んだ。

小絲の仕事は体を張ったものだ。毎日きついに違いない。

「今夜は通しでいてくれるん？」

「小絲がそうしてほしいなら、そうするで」

「嬉しい。たっぷりお世話させてな」

水月の胸に片手を当て、色っぽいまなざしで誘う小絲に苦笑を向ける。

「お世話はええよ」

「いつもそう言う」

小絲は水月よりも少し年上だ。容姿が艶麗《えんれい》で話術も巧《たく》みなので、この遊郭ではそこそこの地位にいる。与えられている個室も他の娼妓よりも広い。彼女が微笑むと、たいていの男はその魅力に囚われて、また逢いたいと通うようになる。

けれど今、水月に向かって拗《す》ねた様子で唇を尖《とが》らせている小絲は、まるで少女のようにあどけない。おそらく彼女は、こういう顔を水月にしか見せていない。

「ただ小絲と話したいだけやし」

「ほな、お酒でも飲む？　お蕎麦でも取ろか？」

微笑みながらすすめる小絲に、水月は「余所《よそ》で食べてきたしええよ」と答える。

「そう……」

「今日はちょっと聞きたいこともあって……先にええかな？」

水月がそう言うと、小絲は正座をし直した。

「何か調べたいことがあって来たん？　モノノケ絡み？」

相変わらず小絲は鋭い。水月は頷くと彼女に尋ねた。

「最近、このあたりにやくざ者が出入りしてへんかった？　例えば、やけに羽振りのいい奴らとか、犯罪の相談や自慢をしていた奴らとか」

小絲は頰《ほお》に指を当てて少し考えた後、

「そういえば、何日か前になんや堅気《かたぎ》やなさそうなお客はんたちが来てはったなあ」

と答えた。

「器量のええ子を選んで泊まっていかはったけど、相手した子たちにえらいはずんでくれはったらしいえ。『お申《さる》の小路《こうじ》』でええ思いしはったんかもね」

話を聞いた水月の目が細くなる。

「あそこ、やっぱりまだあるんや……」

「ああいう場所はなくならへんもんなんやろ」

軽く肩をすくめ、小絲が「ふふ」と笑う。

水月は苦い顔をして息を吐いた。

「話聞かせてくれておおきに」

礼を言うと、水月は布団の上に寝ころんだ。肘《ひじ》をついて頭を支え、小絲の顔を見上げる。

「今度は小絲の話が聞きたい」

「そうやねぇ。大して面白い話もないんやけど。……ああ、そういえばこの間、馴《な》染《じ》みのお客はんが外へ連れていってくれはったわ」

「へえ。どこに行ったん？」

「芝居見物させてくれはった」

「どんな内容やったん？」

「江戸時代に祇園《ぎおん》の遊女に惚《ほ》れはった男の人が、恋敵《こいがたき》を殺して心中しようとしはるお話」

話しながら小絲が水月の隣で横になる。水月は、甘えるように体を寄せてきた小絲の頭を腕に乗せる。

寄り添って微睡《まどろ》んだり、また目を覚ましてお喋りをしたり、二人は空が白むまで一緒に過ごした。

早朝、繭子は起きだすと、竈に火を入れた。

米を炊いている間に、朝ご飯のおかずの用意をする。塩を振った鰆《さわら》を七輪に載せ、うちわでぱたぱたと炭を煽いでいたら「ただいま」と声がした。手を止めて暖簾から顔を出すと、硝子戸を閉める水月の背中が見えた。

「水月さん、おかえりなさい。昨夜は――」

「どこへ行っていらしたのですか」と言いかけて、繭子は口をつぐんだ。

　昨夜、水月は帰宅しなかった。「晩ご飯は待たなくていい」と言っていたので、遅くなるのだろうなと予想はしていたが、まさか外泊するとは思っていなかったので、「何か事故でもあったのだろうか」と、一晩中心配していた。

　見たところ無事そうなので安心する。単に所用で外泊したのだろう。

（一言、言っておいてほしかったな……）

　そうは思うものの、雇われている立場から出過ぎたことも言えない。

　水月は何やら難しい顔をしていたが、家に漂う匂いに気付き、表情を和《やわ》らげた。

「朝ご飯作ってくれてたん？」

「はい。もうすぐできますよ。……あっ！」

　焦《こ》げ臭い匂いが漂ってきて、繭子は慌てて土間に引っ込んだ。七輪を見ると、鰆が焦げかけている。

「危なかった」

　慌てて皿に取り、ふぅと息をつく。

　手早く料理を仕上げ、ちゃぶ台に運ぶ。座布団に座り、物思いに耽《ふけ》りながら仙利の背を撫でていた水月は、テキパキと働く繭子に気付いて顔を上げた。

「手伝おうか？」

「水月さんのお手を煩わせるわけには。すぐに用意しますので、待っていてください」

「お皿ぐらい運べるんやけどな……」

気を遣ってもらって嬉しいが、目の下にうっすらと隈《くま》があり、どこか疲れている様子の彼に手伝ってもらうのは申し訳ない。

朝食の用意ができると、水月は「一緒に食べよう」と繭子を誘った。席を同じくすることにまだ遠慮のある繭子を、おいでおいでと手招く。

繭子は素直に自分の膳も運ぶと、水月と向かい合って座った。

「いただきます」

「いただきます」

手を合わせ、水月が箸を取ったのを確認してから繭子も箸を持つ。

綺麗な箸使いで鰆の身をほぐしている水月を見つめながら、繭子は「水月さん、昨夜は何をしていたんだろう」と考えた。

繭子の視線に気が付いたのか水月が顔を上げ小首を傾げる。

「どうしたん？　魚の骨取るの苦手なん？　手伝ってあげようか？」

「いえっ！　大丈夫です！」

慌てて片手を横に振る。

女中の立場で主人の私生活に踏み込むことはできない。繭子の義務は壱村邸の家事と『星林文庫』の店番だ。繭子はそう自分に言い聞かせ、食事に集中した。

朝ご飯を食べ終え、水月が「執筆するし、しばらく声をかけんといてくれる？」と言って自室に籠ると、繭子は手早く朝の掃除を終え、店を開けた。

はたきで本棚の埃を払う繭子を、木箱に座った仙利が眺めている。

「仙利さん、商品の上に乗ったら駄目ですよ」

繭子は仙利を抱き上げ、床に下ろした。

（そういえば、体に触っても、仙利さんの心の声は聞こえないな）

ふと気が付き、

「私、サトリですけど、仙利さんの心の声は悟ることができないみたいです」

仙利に向かってそう話しかけたら、仙利は「ふむ」と考え込むような顔をした。

「それは、儂が半分動物だからかもしれないな」

「半分動物？　仙利さんって、猫又のモノノケじゃないんですか？」

「繭子や水月がモノノケと人間の子孫であるように、儂はモノノケと猫の子孫なのじゃよ。繭子は、犬や鳥や虫の声までは聞こえないじゃろう？」

「確かにそうですね」

「そういうことじゃよ」

藺子は「うーん」と難しい顔をした。猫でも仙利は人間の言葉で話をするので、考えていることを読めそうなものなのだが。

「敵に弱みを悟られないよう、我々は本能で身を守っているんじゃろう。まあ、藺子は敵ではないがな」

「なるほど……」

仙利だけは体に触れても心を読まないですむと思うと、藺子は気持ちが軽くなった。唯一安全な居場所を見つけたような心持ちだ。

藺子ははたきを本棚の上に置くと、もう一度、仙利を抱き上げた。すりすりと頬ずりをする。

「ニャッ！　何をする、藺子」

藺子の突然の行動に、仙利が驚いて暴れた。

「ふふっ。仙利さんって、ふわふわであったかい」

「ニャニャッ！　くすぐったい！　やめんか！」

仙利が藺子の腕の中から飛び下りる。体を舐めて毛繕《けづくろ》いを始めた仙利を眺めながら、藺子は疑問を持った。

「仙利さん。仮に純粋なモノノケが存在するとしたら、私はそのモノノケの心を読めないと思いますか？　妖怪も動物のように人間ではないですし」

　繭子の質問に、仙利が再び考え込む。

「どうじゃろうな……。モノノケとしての儂は人間の言葉や感情を理解している。人と婚姻するぐらいなのじゃ。モノノケの心は人間寄りなのかもしれない」

　二人でサトリの能力について考察していると「お邪魔します」と声が聞こえた。振り向くと、硝子戸のそばに見覚えのある男性が立っている。繭子は思わず「あ」と声を漏らした。

　水月と初めて会った日、彼を追いかけていた編集者——確か要といったか。

　要は繭子に気付くと「誰だろう」という顔をした。

「おはようございます。ええと……君は？」

　不思議そうに尋ねられて、繭子は、

「先日から雇われて『星林文庫』の店番をしている木ノ下繭子です。よろしくお願いします」

と挨拶をした。要は「へえ！」と目を瞬かせた後、自己紹介をした。

「私は壱村先生の担当編集者で『蛍雪出版《けいせつしゅっぱん》』の徳山《とくやま》要といいます。今日は壱村先生はご在宅ですか？　原稿を取りに来たんですが、できてはるでしょうか？」

　心配そうに尋ねた要に、繭子は申し訳ない気持ちで教える。

「いらっしゃるにはいらっしゃるんですけど、原稿はまだみたいです。今、お部屋で執筆中です」

「そうですか……」

「きっと、今日中には書き上がりますよ！　水月さん、頑張っておられますから！」

がっくりと肩を落とした要に力強くそう言うと、彼は気を取り直したように微笑んだ。

「ほなまた午後にお伺いします」

「では」と言って店を出ていく要を、繭子は「お疲れさまです」と見送った。

「編集者さんって大変……」

繭子の感想に、仙利が「同感」とでも言うように「ニャア」と鳴いた。

六角堂の正午の鐘が鳴り、繭子は店を仙利に任せると台所に立った。鼻歌を歌いながら料理をする。昼の献立は、甘藍《かんらん》の胡麻《ごま》和《あ》えとがんもどきの煮物、麩《ふ》の味噌汁とご飯だ。

食卓が調《ととの》い、水月を呼びに行こうかと考えていると、二階から紙の束を手にした彼が下りてきた。

「水月さん、お昼ご飯できていますよ」

「あ、繭子ちゃん、おおきに……ええ匂いやね……」

水月はふらふらと歩み寄ってきて、ちゃぶ台に紙の束――原稿用紙を置くと、その場に仰向けに倒れた。

「ど、どうしたんですか？　大丈夫ですか？」

「大丈夫、大丈夫。集中力と体力が枯渇《こかつ》しただけ……」

焦る繭子に向かってひらひらと手を振った後、水月は眠たそうに目をこすった。よく見れば、朝よりも隈が濃くなっている。

「もしかして昨日は寝ていないのですか？」

心配になって問いかけると、大あくびが返ってきた。

「少しだけ寝たよ。でもちょっと眠りは浅かったかな……」

「そんなの、大丈夫ではないです！　ご飯を食べたら寝てください！」

繭子が思わず大きな声を出すと、水月が目を丸くした。

「それに……」

迷った後、意を決して思っていたことを口にする。

「外泊する時は教えてください。仙利さんが『いつものことだから気にするな』っておっしゃってくださったけど、連絡がないと、何かあったのかなって心配になります」

藺子の訴《うった》えを聞いた水月が、ばつの悪い顔を隠すように瞼《まぶた》に腕を置いた。

「かんにん。そうやんね、家に女の子一人で残されたら不安やんなぁ」

水月の反応に今度は藺子が狼狽えた。

「そういう意味ではなくて……用事がある日は教えてくださると助かります、というお願いです……」

出過ぎたことを言ってしまったと後悔する。水月が顔から腕をどけ、しゅんとしている藺子を見上げた。

「うん、わかった。……今後は気ぃつける」

真面目な顔で約束してくれたので、藺子はほっとした。

昼ご飯を食べた後、水月は「少し眠る」と言って自室へ戻っていった。

藺子は店番を再開しながら、要が再び来店するのを待った。手元には、水月から預かった原稿がある。

(水月さんって、どんな小説を書いているんだろう)

先ほどから気になって仕方がない。横目でちらちらと見て、躊躇《ためら》う。

(うーっ……見たい。気になる。……ええいっ)

誘惑に負けて、思い切って原稿用紙を手に取った。万年筆で書かれた几帳面《きちようめん》な字がマス目の中に並んでいる。

「水月さんって字が綺麗……文章も読みやすい」

視線を走らせているうちに、繭子の頬がかあっと熱くなった。

（こ、これって、恋愛小説！）

色っぽい表現も使われていて、初心《うぶ》な繭子は動揺した。

主人公の男性は華族出身の実業家。屋敷で働く女中の少女を想っているが、彼には婚約者がいる。少女のほうも歳の離れた主人公に惹かれていて、二人は身分違いの秘密の恋に落ちていく――という内容のようだ。

（水月さん、私に『小説の登場人物のモデルになって』って言っていた。この少女のモデルが私なの？　『真心を込めて、ご主人様にお仕えいたします。私の命はあなたのもの。いかようにも私をお使いください』って、きゃああ、恥ずかしい！）

自分が言った台詞《せりふ》ではないのに、赤くなり恥ずかしがっている繭子を、傍《かたわ》らの仙利が不思議そうに見上げている。

「失礼します」

突然声をかけられ、繭子の心臓が跳《は》ねた。慌てて入り口に目を向けると、要が立っている。

「あっ、徳山さん。げ、原稿、できていますよ！」

藺子は手にしていた原稿から急いで視線を外した。

「ほんまですか！」

要の目が輝き、足早に藺子のそばまでやって来る。藺子が差し出した原稿を受け取り、ほっとした表情を浮かべた。

「いやぁ、よかったよかった。これで来月の『蛍火《ほたるび》』に間に合う。壱村先生の作品は人気やから、休載となったら編集部に怒りの電報が殺到するんですよ」

「怒りの電報……すごいですね」

恥ずかしがりながらも、しっかり読んでしまった水月の小説は確かに面白かった。続きが気になる。

「『蛍火』って雑誌ですか？」

「毎月発行のうちの看板雑誌です。ほな、私は会社に戻ります。藺子君、また！壱村先生にもよろしく伝えといてください」

爽《さわ》やかな笑顔を残して店を出ていった要を、藺子はお辞儀をしながら見送った。

夕刻の鐘が鳴り、藺子が『星林文庫』を閉めていると、水月が二階から下りてきた。少し寝て体力が戻ったのか、昼間に見た時よりも幾分《いくぶん》すっきりとした顔をしている。

藺子が手早く用意をした晩ご飯を食べた後、水月は、

「今夜も出かけるね」

と言って外出準備を始めた。

「出かける？　今からですか？」

「うん。殺人犯が捜している男の目星が付いたんだ。おそらく今夜現れると思うから接触してみる」

さらっと危険なことを言われて、藺子は慌てた。

「危ないですよ！　その情報が確実なら、警察に連絡して一緒に行ってもらったほうがいいと思います」

藺子の提案を、水月が却下する。

「犯人はおそらくモノノケの子孫……『犬神《いぬがみ》』の血を引く人間やと思うねん。そやし、あんまり警察を介入させたくない」

「えっ？　犯人がモノノケの子孫？『犬神』って？」

戸惑う藺子に、水月は真面目な表情で続けた。

「『犬神』は肆国《しこく》に伝わるモノノケやね。憑《つ》き物《もの》の一種で、鼠《ねずみ》やイタチのような小動物、手のひらに載るほどの犬、もしくは、生き埋めにされ飢餓《きが》状態で首を刎《は》ねられた犬の怨霊など、様々な説がある。『犬神』は人に害を与える恐ろしいモノノケ

やけど、犬神が憑いている犬神筋っていう家系もあって、そういった家の娘が結婚したら嫁ぎ先にまで付いてくるとも言われてる。犬神筋の家の者が、他家の財産が欲しいと望んだら、『犬神』が奪って持ってきたり、取り憑いて病気にさせたりするなんて話もあるし、犬神筋は忌避《きひ》されがちや」

「……なんだか怖いですね」

生きた犬の首が刎ねられる様を想像し、繭子はぶるりと体を震わせた。

「『三白屋』の周囲の店に聞き込みをしてわかったんやけど、どうやら『三白屋』の奥様は肆国出身やったらしい。実家は裕福《ゆうふく》で、本人も綺麗で気立てのええ人やったみたいやけど、地元では見合いをしても破談続きでお嫁の行き先がなくて、知人の伝手《つて》を頼って『三白屋』のご主人を紹介してもらわはったらしい」

繭子は頷きながら水月の話に耳を傾ける。

「奥様は『三白屋』に嫁いでくる時に、ご主人に正直に言わはったらしいよ。『私の家は特殊な血筋ですがよろしいですか？』って。ご主人は肆国の人やないから気にしはらへんかったそうや。ほんで、奥様は幼い頃から側仕《そばづか》えしてはった大上《おおがみ》さんって人を連れて、嫁入りして来はったんやって。側仕え言うても男の人やから、ご主人は同居は許さへんかったらしい。でも大上さんは優秀な人で、結局『三白屋』の番頭にまで上り詰めはったそうや」

「もしかして奥様は犬神筋で、嫁ぎ先に付いてきた『犬神』が大上さん……?」

「俺はそうやと考えてる」

藺子の脳裏に新聞記事の見出しが蘇った。

「猟奇殺人……獣に喉を食いちぎられたような痕《あと》があったって新聞に……。大上さんには何かそういうモノノケの能力があって、犬神筋の奥様やご家族が殺されたことを怒って、仇討ちをしたのでしょうか?」

藺子の推理を肯定するように水月が頷く。

「そうやと思う。たぶん、大上さんは今夜、最後の仇《かたき》を討ちに来る」

「最後の仇って誰ですか?」

「目星は付いてるんやけど、それを確かめに行ってくる。もし本当に大上さんが『犬神』やったら止めへんと。俺たちの同胞にこれ以上罪を重ねさせたらあかん」

水月が帯にぐっと扇子を押し込む。

「ほな、行ってくるね」

雪駄《せった》に足を入れる水月の背中を、藺子は迷う気持ちで見つめた。

藺子の胸の中に、錦市場でぶつかった時に感じ取った大上の心情が蘇る。彼の心は犯人への怒りだけでなく、大切な人を守れなかった自分を責める気持ちで張り裂けそうだった。

病に倒れた天寧を失った時、繭子は母を助けられなかった自分を責めた。日頃からもっと母を気遣っていれば、精の付く食事を作っていれば、良いお医者様に診《み》てもらえるぐらいお金があれば……早く、自分が父を見つけ出していれば、運命は変わったかもしれない。けれど、もはやどうにもできない。

大上の後悔と自分の後悔が重なる。

「待ってください、水月さん！」

店を出ていきかけた水月を、繭子は止めた。

「私も連れていってください！」

足袋《たび》のまま水月に駆け寄る。真剣な表情の繭子に水月は目を丸くしたが、すぐに「あかん」と大きな声を上げた。

「危ないし、繭子ちゃんはここで待ってて。何があるかわからへんし、君に怪我をさせたくない」

心配してくれる気持ちは嬉しい。けれど、水月に危ない目に遭《あ》ってほしくないのは繭子も同じだ。

「充分気をつけます。水月さんの言うことを聞きます。お願いします。連れていってください！　私、大上さんのこと、人ごととは思えない。大上さんの後悔が少しだけわかるから……」

必死な繭子を見て、水月は難しい顔をして頭をぐしゃぐしゃと掻いた。悩んでいるようだ。

いつの間に二人の足元にいたのか、仙利が「ニャア」と鳴いた。

「水月。繭子を連れていったらどうじゃ？　サトリの力が役に立つこともあるかもしれないぞ」

仙利から援護《えんご》を受けて、繭子は勢いよく頷いた。

「私、お役に立ちます！」

力強い味方を得たとばかりに、仙利を抱き上げる。仙利が繭子を応援するように「ニャァン」と鳴いた。二人の様子を見て、水月は諦《あきら》めたように溜め息をついた。

「仙利が味方するなんてずるいなぁ……。わかった、繭子ちゃん。君を連れていくよ。ただし――」

水月の提示した条件を聞いて、繭子は目を丸くした。

＊

市電を降り、表通りから少し入ると町の雰囲気が変わった。

高瀬川沿いの小道を歩きながら、繭子はきょろきょろと周囲を見回した。多くの人が行き交っているが、見たところ男性ばかりだ。

小川の両側に建つ店々の、軒下《のきした》の電灯が煌々《こうこう》と光っていて、明るく、賑やかだ。

蘜子は自分の格好を見下ろした。白いシャツの上に着物を羽織って袴《はかま》を穿き、長い髪はくくって学帽の中にしまっている。

蘜子を連れていくにあたり、水月が出した条件は「男装をすること」だった。書生姿の蘜子は、隣を歩く水月を見上げ、小首を傾げて尋ねた。

「水月さん。このあたりには、どうして男の人しかいないのですか？」

純粋な瞳で不思議そうにしている蘜子を見下ろし、水月が苦笑する。

「そんな顔をして聞かれたら言いにくいなぁ……。ここは遊郭やねん」

「遊郭？」

ぽかんとした後、蘜子の顔が赤くなった。

その言葉の意味ぐらい、蘜子だって知っている。

水月は慣れた様子で遊郭の中を進むと入り組んだ路地に入った。途端にひとけがなくなる。一見お茶屋風の建物の前で足を止めた水月は、戸を開けて中に入った。現れた年嵩《としかさ》の女将と短いやりとりをする。

「行くで」

水月が玄関に上がり蘜子を促す。蘜子はわけがわからないまま、勝手知ったる様子で歩いていく水月の後を追った。

（ここは何のお店なんだろう……？）

お茶屋かと思っていたのに、客の姿がない。

水月は廊下の奥まった場所まで来ると引き戸を開けた。一見もの入れのように見えたそこには隠し階段があり、繭子は目を瞬かせた。覗き込んで頭上を見ると、天井が封じられている。これでは上に部屋があるとしても入れない――と思っていたら、階段を上った水月は、

「よっ……と」

器用に天井板をずらした。その途端、繭子は漂ってきた煙を吸い込み「ごほっ」とむせた。

「さあ、張って張って！」

威勢のいい声が聞こえた。熱気と煙草《タバコ》の煙の中で、花札を前にした男性たちが賭《か》け事に興じている。

歓声と悲嘆の声が入り交じる。喜ぶ人、頭を抱える人――

「ここは……？」

水月を見上げ、戸惑いながら尋ねたら、

「賭場《とば》。違法のね」

との答えが返ってくる。

「それっ、見つかったら捕まるのでは……んっ」

思わず大声を出しかけた繭子の口を手で塞《ふさ》ぎ、水月が「しっ」と自分の唇に指を当てた。

「その話は後。さて、目的の人は来てはるかな？　ちょっとそのへんの人に聞いてみようか」

水月は手近な男性を捕まえると耳打ちした。男性が胴親《どうおや》の前に座る青年を指差す。青年は、もとは精悍《せいかん》な顔立ちなのだろう。けれど今は顎《あご》に無精髭を生やし、目は落ち窪《くぼ》んでいる。

水月は人をかき分けて青年のそばに近付くと、耳元で囁いた。

「勝負の最中にかんにん。あなた『三白屋』の元手代《てだい》の市野川《しのかわ》さんとちゃいますか？」

水月から声をかけられ、青年がびくっと肩を震わせ、振り返った。

「ど、どうしてそれを……」

「賭け事に嵌《は》まって抜けられんようになってるって噂を聞いたし、そんならきっとここにいはるやろうなと思って捜しに来てん。あなた、命を狙われてるのに、こんなところで遊んでてええの？」

水月の言葉に市野川の顔が強《こわ》ばる。

「見つかるのも時間の問題やと思うけど？　もしかしたら居場所なんて、とうに知られてるかもしれへんね。安全な場所に隠れたければ、俺に心当たりがあるんやけど、一緒に来はる？」

「い、居場所が知られてる？　あなた、何を言ってはるんです？」

市野川が口元を引きつらせながら、半笑いで問い返した。

「ここでは話さへんほうがええんとちがう？　人目もあるし」

水月が薄く笑うと、市野川は迷うように視線を彷徨《さまよ》わせた。彼がぐずぐずと決めかねている様子だったので、軽く溜め息をつく。来ないならいいとでも言うように背中を向ける。

（この人が『三白屋』の手代さんなの？　どういうこと？）

わけがわからない繭子に、水月が「行こか」と声をかけ、階段へ足を向けた途端、

「待ってください！」

市野川が必死な形相で水月の袖を摑んで引き留めた。

「安全な場所に心当たりがあるって、ほんまですか？」

水月が振り返り、口角を上げる。

「絶対安全な場所を知ってる」

「そ、それなら連れていってください！　お願いや！」

縋《すが》るように身を乗り出した市野川に、水月が「ええよ」と頷いた。

建物の外に出ると、焦った様子で市野川が水月に尋ねた。

「安全な場所ってどこなんです？　早く行かへんと、あいつが来る……！」

「あっちやで」

先に立って歩きだした水月の後を市野川が追い、繭子はわけがわからないまま、二人に付いていった。聞きたいことはいろいろあるが、今は黙っておいたほうがよさそうだ。

遊郭から外へ出ると明かりが減った。このあたりに妓楼はなく、建物もまばらだ。

「俺をどこに連れていこうとしてはるんですか？　本当に安全な場所があるんですか？　もしかして……あんたはあいつの仲間なんじゃ……」

水月は不安そうな市野川を振り向くと、淡々とした声ですすめた。

「この先をしばらく歩いていったら警察署がある。あなたが身の安全を確保したいなら、このまま警察に行かはることをおすすめするで」

市野川が息を呑み、後ずさった。

「俺がなんで警察になんて行かなあかんねん！」

「今のあなたには、留置場が一番安全やと思うんやけどね……」

水月が溜め息をつく。

「強盗に押し入られた『三白屋』で生き残ったあなたのこと、調べさせてもらった。あなたは以前からあの賭場に通い詰めていて、あまり素性のよろしくない人たちに、かなり金を借りていたみたいやね。借金が返済できひんからって、主家に強盗を誘い入れるなんて、馬鹿なことをしたもんやね……」

繭子は目を見開いて市野川を見つめた。

（『犬神』の大上さんが狙っている最後の仇は、『三白屋』に強盗を招き入れた手代の市野川さんだったっていうこと？）

市野川は狼狽《ろうばい》しているのか、大声で反論した。

「そんなことしてへん！　言い掛かりや！　俺は逆恨みを受けているだけや！」

「あっ」と思った時には、市野川は駆けだしていた。水月が、

「待て！」

と声を上げたが、立ち止まらない。

「ちっ！」

舌打ちをして市野川を追いかけた水月の後を、繭子も慌てて追いかける。

（水月さん、速いっ）

あっという間に引き離されていく。

水月が市野川の腕を摑もうとした時、路地から男が飛び出してきた。男に体当たりをされた市野川が「ぎゃあっ！」と悲鳴を上げた。

巻き込まれそうになった水月が、身軽に後方に跳んでよける。

市野川は男によって地面に押さえ込まれていた。男は獣のように四《よ》つん這《ば》いになり、顔や首を庇おうとしている市野川の腕に嚙みついている。

息を切らせながら水月のそばまで走ってきた繭子は、男の顔を見て驚いた。市野川に牙を剝いているのは、錦市場で繭子にぶつかってきた五十がらみの男だった。外見はどう見ても人間なのに、彼の口の中には犬のような鋭い牙が並んでいる。

「しまった、『犬神』か！」

水月が帯から扇子を引き抜いた。片手を振って扇面を開き、思い切り振り煽ぐ。

強い風が吹き、繭子の学帽が飛んでいく。風は市野川ごと『犬神』――大上の体を吹っ飛ばした。

大上と市野川がばらばらの場所に落ちる。

「市野川さんっ！」

背後で水月の「危ない、繭子ちゃん！　戻れ！」という声が聞こえたが、繭子はかまわず市野川のもとへ走った。

市野川の意識はもうろうとしていた。腕の肉が噛みちぎられている。骨まで見えそうなほど抉《えぐ》られた腕を見て、藺子の血の気が引いた。

(市野川さんは、まだ生きてる)

深呼吸をして気持ちを落ち着かせ、胸元に入れていた手ぬぐいを取り出した。腕を取ると、市野川は藺子を虚《うつ》ろな目で見上げ、

「ああ、志奈子《しなこ》お嬢様……」

と、名前を呼んだ。

「……生きてはったんですね……」

消えそうなほど小さな声でそう言って、市野川は意識を失った。彼が抱えていた後悔を悟り、藺子は唇を噛みしめながら、手ぬぐいを巻いた。

(水月さんは?)

周囲に視線を走らせると、水月が大上と対峙《たいじ》していた。

大上は立ち上がっていたが、脳震盪《のうしんとう》を起こしたのか、頭を押さえてふらふらしている。

藺子は市野川をその場に残し、水月のもとへ走った。

「水月さん、大丈夫ですか?」

「俺は平気。市野川さんは？」

「気を失っていますけど、命はあります」

二人の会話が聞こえたのか、大上が頭から手を離し、獣のようなまなざしを向けた。

「……邪魔をするな……お前たちも殺されたいか……」

水月は大上の視線を受けとめ、落ち着いた口調で語りかけた。

「モノノケの子孫が、その力を使って犯罪を行うなんて許されへん。誰かがそういうことをしたら、他の者たちも迷惑をこうむる。俺は仲間を守りたい。もちろん、あなたのことも。もっと早くあなたを見つけるべきやった。本当に……申し訳ない」

静かに謝罪した水月に、大上が牙を剝いた。姿は人間でも鬼気迫る形相は野犬――まるで狼だ。

水月に飛びかかろうとした大上の前に、繭子は飛び出した。

「待って！」

「繭子ちゃん！」

水月が繭子の肩を引こうとしたが、それよりも早く、全身で大上を受けとめた繭子の脳裏に声が響いた。

『お前ら、邪魔をするな！　俺は奥様とお嬢様を殺した市野川を許さない！　あの晩、あいつが強盗を引き入れなければ、ご一家は今も幸せに暮らしておられたのだ！　絶対に地獄へ堕《お》としてやる！　未来永劫、業火《ごうか》に焼かれろ！』

藺子の心まで焼かれるような激しい憎悪。

巨大な負の感情の塊《かたまり》を、自分に対して投げつけられたように感じ、恐怖で呼吸が浅くなる。体が急激に冷えて、それなのに汗が噴き出してくる。目眩がして立っていられない。

けれど藺子は両足に力を込めて、その場にくずおれそうになる体を支えた。

藺子は大上をなだめるように、ぎゅっと強く抱きしめた。大上の追憶《ついおく》の言葉が、藺子の頭の中に次々と聞こえてくる。

幼い頃は、春には野原でれんげの花冠《はなかんむり》を作り、夏には水遊びをした。嫁入りの時は、感動のあまり涙した。赤子が生まれると敬愛の情はますます深くなり、一生奥様とお嬢様にお仕えしようと心に誓《ちか》った。——愛《いと》しい愛しい、命より大切な守るべき人たちだったのに。

「大切な人を守れなかった悔しさ、私も経験があります。でも、今回の事件はあなたのせいではありません。自分を責め過ぎないで……」

水月が肩を掴み、大上から藺子を引き剝《は》がした。藺子の体が水月の胸の中に倒れ込む。

「お前たちは何者だ。なぜ俺を止める。俺はお小さい頃から奥様を守ってきた。京都に来てご結婚され、可愛いお嬢様にも恵まれた。幸せな毎日だったんだ。俺がお二人のことを、どれだけ大切に思っていたか、お前たちにはわかるまい！」

大上が吠《ほ》えた。目を見開いたまま泣いている。

水月は繭子を支えながら、大上に向かって語りかけた。

「あなたとは違う人間である俺が、あなたの気持ちに完全に寄り添うことは不可能や。でも、その怒りは理解できる。あなたの代わりに市野川は法が罰してくれる。そして、あなたもまた、罰を受けることになる。人を殺したんやからね」

大上が、市野川を討つ最後の機会を逃すまいとするように身を翻した。

水月が「あかん！」と叫んで扇子を一閃《いっせん》する。再び吹っ飛ばされた大上は高瀬川に落ち、動かなくなった。


夜が明け、六角通の町家へ戻ってきた繭子と水月は、家に上がるなり、座敷に倒れ込んだ。

「疲れた……」

「はい、本当に……」

留守番をしていた仙利が近付いてきて、ちょんちょんと順番に二人の肩を叩いた。

「お疲れさまじゃな。無事で何より」

あの後、警察に大上と市野川を託した。

水月と繭子は警察署で事情聴取を受け、延々《えんえん》と叱られた。警察も行方不明になっていた大上と市野川を捜査していたらしい。「一般人が勝手なことをするな」と怒鳴られ、繭子は怖くてたまらなかったが、水月が毅然《きぜん》とした態度で受け答えをしていたので心強かった。

朝まで拘束されるのではないかと覚悟していたものの、途中で警察署長が姿を見せると、警官は態度を一変させ、二人はあっさりと解放された。

「私たち、どうして帰してもらえたのでしょうか」

繭子は身を起こすと、倒れたままの水月に、不思議に思っていたことを尋ねた。

水月がにやりと笑う。

「知り合いが気を利かせてくれたんやと思うで」

「知り合い？」

「そう。今度紹介するよ」

今日の遊郭でのふるまいといい、水月は謎だらけだ。

「水月さんって何者……？」

小説家で天狗の子孫で。——ふと、豆子が言っていた「頭領」という愛称を思い出した。

「もしかして、モノノケの頭領……？」

ぽつりとつぶやいたら、水月はゆっくりと起き上がり、胡座《あぐら》をかいた。

「頭領というほど立派なものでもないんやけど。俺がおせっかいで、困っているモノノケの子孫たちがいたら手助けをしてるから、仲間内でそう呼ばれるようになってん」

「手助け……それで……」

（大上さんに謝っていたんだ……）

モノノケの子孫である彼を助けられなかったから。水月の無念を思い、繭子の胸が切なくなる。

「水月さんはどうして、今夜大上さんが市野川さんを襲うってわかったのですか？」

「それは今日が申の日やったからや。申の日は、あのお茶屋で賭博が行われてる。『見ざる言わざる聞かざる』——ここで行われていることは他言無用、ってね」

「あそこに違法の賭場があることは、前から知っていたのですか？」

藺子の質問に、水月は困った顔をして頭を掻いた。

「それは……そのうち話すわ」

視線を逸らし言い淀んだ水月を見て、藺子は口を閉ざした。主人が「そのうち」と言葉を濁《にご》すのならば、藺子の立場では、これ以上、踏み込むことはできない。

水月は頭を掻く手を止め、俯いた。

「……俺がもっと早くに気付いて動いていれば、誰も殺されなかったかもしれへん……新聞は読んでいたのに、勘が悪くて嫌になる……」

「すい……」

黙り込んでしまった彼に「水月さんは悪くありません」と言おうとして、藺子は言葉を飲み込んだ。

迷った後、あえて明るい声を出し、

「水月さん、朝ご飯にしませんか？　すぐに作りますので」

と言って、立ち上がった。

「その後は、錦市場に連れていってください！」

「市場へ？」

顔を上げた水月に向かって、「はい」と答える。

「また食材を買いに行きたいです！　今日は精の付くものを食べて、元気を出しましょう！」

「それもそうやね。ほな、後で行こう、か……」

水月の語尾がだんだん小さくなる。ゆっくりと体が傾《かし》ぎ、その場にぱたんと倒れた。

「水月さんっ！　どうし……」

慌てて身を乗り出した繭子は、途中で言葉を止めた。寝息が聞こえる。

（そうか、あんまり寝ていないって言っていたから……）

寝不足の執筆明けで『犬神』と対峙したのだから、体力も限界だろう。

繭子は二階へ上がり布団を取ってきた。水月の体の上にかける。座布団を二つに折り、頭の下に差し入れた。

すぅすぅと寝息を立てる水月を見下ろして囁く。

「お疲れさまです。水月さん」

仙利が繭子のそばに来て、「お前も」と言うように、体をこすりつけた。

第二章

暖簾《のれん》を潜《くぐ》り銭湯の外に出た繭子《まゆこ》は、思わず、

「ああ、いいお湯だった」

と、口に出した。

夜の風が火照《ほて》った体を心地よく冷やす。

「ほんまやね」

男湯から先に外に出て待っていた水月《すいげつ》が振り返り、繭子の感想に同意する。

「あっ、水月さん！　先に出てらしたんですね。お待たせしてすみませんでした！」

主人を待たせてしまったと反省する繭子に、水月は「ええよ」と軽く手を振った。

「お風呂って、女の子のほうが時間がかかるものやん」

繭子は、背の高い水月を見上げた。彼の髪はまだ濡れていて、長い前髪が目元を

覆《おお》っている。

（うっとうしくないのかな？）

いつから伸ばしっぱなしなのだろう。

「差し出がましいかもしれませんが、切ったほうがいいのでは？」

藺子が自分の前髪を指差しながらすすめると、水月は「そうやねぇ」と気のない返事をした。

「視界が悪そうですよ。今からでも、銭湯の理髪室に行ってこられたらどうですか？」

「戻るのも面倒やから、家に帰ったら自分で切るわ」

「えっ！　自分で？」

藺子は驚いた。自分で切ったら、不揃《ふぞろ》いになるのではないだろうか。それに、髪を切るなら専用の鋏《はさみ》が必要だろう。

「そんなことおっしゃらずに、行ってきたほうがいいと思います」

一生懸命すすめると、水月が藺子をじっと見下ろした。

「藺子ちゃんって器用そうやね」

「えっ？」

突然なんだろうと思ったら、

「俺の髪、繭子ちゃんが切ってくれへん?」

と頼まれた。

「私が? 無理です!」

慌てて断ったが、水月は軽い調子で、

「大丈夫、大丈夫。繭子ちゃんならできる」

と、適当なことを言った。

「鋏でちょきんっと切ってくれたらええから」

「ちょきんって、そんな……」

紙を切るみたいに簡単に言われ困惑《こんわく》していると、水月が鼻歌を歌いながら歩きだした。小走りに追いかけ、隣に並ぶ。

どこからか桜の花びらが飛んできた。着物に引っかかった花びらを摘《つま》み上げ、水月がぽつりとつぶやく。

「いつの間にか染井吉野《そめいよしの》も、もう終わりやねぇ」

水月がふっと吹き飛ばした花びらが、ひらひらと地面に落ちるのを眺めながら、繭子は感慨深《かんがいぶか》く思う。

(京都に来てから、もう一ヶ月か……)

仕事の合間に画廊や画材店を訪ねて聞き込みをしてみたり、『星林文庫《せいりんぶんこ》』の硝子《がらす》戸《ど》に「捜し人」のちらしを貼ってみたりしているが、父が見つかる気配は一向にない。警察にも相談したが、まともに取り合ってはもらえなかった。

（頼みの綱は甚五郎《じんごろう》さんだけど……）

繭子は、水月から紹介された老人の顔を思い浮かべた。

鋭《するど》い雰囲気を持ちながらも、繭子に対して好々爺《こうこうや》の笑みで接してくれた老人は、父親捜しに協力してくれると言った。

けれど、半月が経っても、まだなんの連絡もない。

＊

繭子が鷹松《たかまつ》甚五郎に会ったのは、卯月に入ってすぐのこと。

水月に「紹介したい人がいる」と言われて連れていかれたのは、八坂《やさか》神社の裏手に建つ洋館だった。

仙利《せんり》を抱いた水月と共に、屋敷の前に立った繭子は豪華《ごうか》さに驚いた。ルネサンス風の外観の洋館は、めずらしい黄色の煉瓦《れんが》が使用されている。玄関扉の上部には色つき硝子の装飾が施《ほどこ》されており、美しさに息を呑んでいたら、水月が勝手に扉を開けた。

「す、水月さん！　無断で入ったら駄目ですよ！」

慌てて引き留めたものの、水月は気にした様子もなく、繭子を手招いた。

「大丈夫。行くって伝えてあるし。繭子ちゃんもおいで」

すたすたと中に入っていく水月の後に、おそるおそる従う。すると、足元に赤い絨毯《じゅうたん》が敷かれていて、繭子は慌てて飛び退《と》いた。屋敷の奥へ向かおうとする水月の袖を、思わず摑む。

「水月さん、土足ですよ！　絨毯が汚れてしまいます！」

草履《ぞうり》を脱《ぬ》ごうとした繭子を、水月が笑いながら止めた。

「脱がなくて大丈夫やで。外国の建物は土足らしいで」

「そうなのですか？」

「うん」

疑《うたぐ》り深い顔をしている繭子を見て、水月が口元を押さえて笑っている。

奥から、二人の来訪に気付いた初老の執事が現れた。

「水月様。いらっしゃいませ。お声をかけてくだされば、お迎えに出ましたものを」

恭《うやうや》しく挨拶《あいさつ》をされ、水月が苦笑いを浮かべる。

「その言い方、かなんなぁ。芳村《よしむら》さんは毎度、第一声はそれなんやから」

すましていた芳村の表情が柔らかくなり、親しげなものに変わった。

「仕事なので一応。壱坊《いちぼう》、お帰り」

「ただいま。甚五郎さんは上にいはる？」

「いらっしゃるで」

（壱坊？　ただいまって？　もしかして、ここって水月さんの実家？）

芳村と水月の会話を聞いて、実は水月はとんでもないお坊ちゃまだったのだろうかと思い、繭子はぽかんと彼を見上げた。

繭子の視線に気が付いた水月が、くすっと笑う。

「ここは、銀行家として有名な鷹松氏の別邸。俺は鷹松一族とは関係ないよ。昔、ちょっとだけ、ここでお世話になってたことがあるだけやで」

（びっくりした……）

彼が急に遠い人になったような気がしたので、違うと知ってほっとした。

慣れた様子で階段を上る、水月の後に続く。

部屋数は多いが、洋室ばかりだった。ちらりと中を覗くと、立派な暖炉《だんろ》や大きな鏡、洋箪笥《ようだんす》や化粧机、寝台などが見えた。

「すごい……。西洋のお姫様が住んでいるお城って、こんな感じなのかな」

繭子のひとりごとを耳にした水月が、

「ここは以前、鷹松家所有の迎賓館《げいひんかん》として使われててん。今は、鷹松家の当主、鷹松甚五郎さんが住んではるんやけどね」

と、説明する。

水月が言うには、本邸は別にあり、そちらには甚五郎の息子たちが住んでいるらしい。銀行経営は息子たちに任せ、甚五郎はこちらの別邸で隠居生活を楽しんでいるのだそうだ。

三階は意外にも全て和室だった。洋風の空間が突然和風に変わり、繭子が驚いていると、水月が障子の前に立ち、室内に向かって声をかけた。

「甚五郎さん、いらっしゃいますか？　水月です」

すると中から「おう」という応えがあった。水月が障子を開けた部屋は、三十畳近くはあるだろうかという広い座敷《ざしき》だった。立派な格天井《ごうてんじょう》が目に入る。ところどころに丸みのあるシャンデリアが付いているが、華美ではないので、この部屋の雰囲気に合っている。花頭窓《かとうまど》からは東山《ひがしやま》の風景が望めた。

付書院《つけしょいん》に老人が座っている。読書中だったのか、手にしていた本の表紙を閉じ、傍《かたわ》らに置いた。歳の頃は七十を超えているだろうか。眼光が鋭く、迫力のある人だ。繭子は緊張し、体を強《こわ》ばらせた。

「お久しゅう、甚五郎さん」

水月が甚五郎の前で正座をした。畳の上に仙利を下ろし、両手をついて丁寧《ていねい》に頭を下げる。繭子も慌てて腰を下ろし、同じようにお辞儀をした。

（この方が鷹松甚五郎さん……）

「頭領。よう来たな」

　水月に名を呼ばれた甚五郎が笑みを浮かべた。笑った顔は意外にも好々爺といった雰囲気だ。

「あなたに頭領って言われると恐縮してしまいます。本当のモノノケの頭領はあなたでしょうに」

　水月が苦笑すると、甚五郎は「ははは」と笑った。

「それはご先祖様の話や。元気やったか？」

「変わりなく。甚五郎さんはいかがですか？」

「健康極まりなしといったところや。さて、そこの娘さんが例の娘さんかね？」

　甚五郎の視線が繭子へ向く。

「儂《わし》は鷹松甚五郎という。しがない隠居じじいや」

　繭子も慌てて名乗った。

「木ノ下《きのした》繭子と申します。水月さんのお家でお世話になっております」

「頭領が女中を雇ったと聞いてはいたが、思っていたよりも若いお嬢さんで驚いたわい」

目を細めた甚五郎のそばに仙利が近付いていく。甚五郎は目尻を下げた。

「おお、仙利。そなたも元気そうやな」

「甚五郎。久しいな」

仙利が甚五郎に向かって喋《しゃべ》ったので、繭子は驚いた。思わず、

「仙利さん、喋っていいのですか？」

と聞いたら、仙利は「ニャア」と鳴いた後、

「かまわんよ。甚五郎は儂のもとの飼い主じゃからな」

と答えた。

「もとの飼い主？」

「そう。仙利を長生きさせて、猫又《ねこまた》にしたのは儂や」

甚五郎が愉快そうに笑う。仙利を膝の上に乗せ、ゆっくりと背中を撫《な》でる。

先ほども水月と「モノノケの頭領」などと会話をしていたので、どうやら甚五郎はモノノケについて知っているようだ。

「甚五郎さん、先日はお世話になり、ありがとうございました。警察に口を利いてくれはって助かりました」

「なんの。それぐらいお安いご用や。今日は犬神《いぬがみ》事件の報告のために、ここに来たのやろう？」

水月が甚五郎に促《うなが》され、『犬神』の事件の顚末《てんまつ》について語り始める。

『三白屋《みしろや》』の一人娘、志奈子《しなこ》に一方的に想いを寄せていた手代《てだい》の市野川《しのかわ》は、志奈子の結婚が決まって自暴自棄になり、やくざ者に唆《そそのか》されるままに『三白屋』に彼らを引き入れた。「見つからないように事を済ませられたら、誰も傷つけないから」と言われて、『三白屋』の主人一家や使用人の娘たちに眠り薬を飲ませたが、やくざ者たちは、約束を違《たが》えて全員殺してしまった。

番頭《ばんとう》の大上《おおがみ》は、やくざ者たちを見つけ出して次々に仇《かたき》を討ち、一味を引き入れた市野川を捜していた。

水月の報告を甚五郎は真剣な表情で聞いていたが、話が終わると、やるせないように嘆息《たんそく》した。

「儂らがもっと早く『犬神』のことに気付いとれば……」

「いえ、俺の責任です。面目《めんぼく》次第もありません」

水月が深く頭を下げる。

事件解決後、新聞には「連続猟奇殺人事件の犯人捕まる！」という見出しが躍《おど》った。『三白屋』の手代が強盗犯を主家に引き入れ、番頭がその仇討《あだう》ちのために、強盗犯一味を殺害したのだと報道されたものの、大上がモノノケの子孫だということまでは明かされていなかった。情報が回っていないのか、あえて伏せられたのか。

そもそも、現代にモノノケの血を引く子孫がいるという話自体が、世間に知られているのかどうかもあやしい。

(水月さん、かなり落ち込んでいたよね……)

事件後の水月の様子を思い出す。一時期は食欲が落ち、執筆も進んでいないようだった。

「水月さん……」

頭を下げる水月に声をかけようとしたが、いい言葉が見つからず、繭子は膝の上で両手を握りしめた。

二人が項垂《うなだ》れていると、ぱんと手を打つ音がした。

顔を上げれば、甚五郎が笑みを浮かべている。

「過ぎてしまったことはしゃあない。頭領、今後も何か困ったことがあれば、遠慮《えんりょ》なく言うてきたらええ」

「ありがとうございます」

水月の表情が和《やわ》らぐ。そして、

「さっそくと言ってはなんですが、一つご相談したいことが」

と、続けた。

「ん？　なんや？　言うてみぃ」

甚五郎に促され、水月が居住まいを正した。

「実は、ここにいる繭子ちゃんですが、行方不明の父親を捜しているんです。ですが今のところ、なんの手がかりもなく……。彼女の父親捜しを、甚五郎さんに助けてもらえへんかと思いまして」

「あ、あのっ、水月さん……？」

突然自分の話になり繭子は驚いた。

「甚五郎さんに助けていただくとか、そんな」

水月は、遠慮をする繭子に「ええから」と笑いかけた後、話を続けた。

「あなたの人脈をお借りできれば、何か手がかりが見つかるかもしれません。繭子ちゃんの父親の名前は木ノ下悟《さとる》。京都で画家をしてはるらしいです」

話を聞いた甚五郎が、興味を引かれたように「ほう」と相づちを打つ。繭子のほうへ顔を向け、

「繭子さん、詳しい事情を聞かせてくれんかね？」

と促した。

繭子は水月を見た。視線で「どうしたらいいでしょうか」と尋ねる。水月が小さく頷いたので、繭子は思い切って甚五郎に自分が京都に出てきた経緯を語った。

「なるほど。幼い頃に生き別れた父親を捜しておるのか。妻と娘を置いて出ていく

など、こう言ってはなんだが、悟殿は何を考えておられたのやら……」

甚五郎の言葉に、悲しい気持ちになる。

しゅんとしている繭子を見て、甚五郎は安心させるように微笑《ほほえ》んだ。

「わかった、繭子さん。木ノ下悟殿を捜してみよう。儂は知り合いが多い。伝手《つて》をあたってみよう。ちと時間をくれるか」

繭子はぱっと顔を上げると、期待のこもったまなざしを向けた。警察にも顔の利く甚五郎のことだ。彼が動けば、父親の手がかりも見つかるかもしれない。

畳に両手をつき、深々と頭を下げた。

「甚五郎さん、ありがとうございます！」

主な用件について話が終わると、水月は甚五郎に京都市内に暮らすモノノケの子孫たちの近況を報告した。モノノケの頭領として、水月は常に仲間のことを気にかけているようだ。二人の会話を横で聞きながら、繭子は、京都には意外と多くモノノケの子孫が住んでいることを知って驚いた。

二時間ほど甚五郎の部屋で過ごした後、お暇《いとま》することになった。

階下へ戻ると、水月の姿に気が付いた芳村が近付いてきて、

「壱坊、人力車を呼ぶかい？」

と声をかけた。

「桜も綺麗やし、花見しながら、ぶらぶら歩いて帰る」

「そうやな。それがええ」

芳村に見送られ、鷹松家別邸を後にする。

水月と肩を並べて歩きながら、繭子はお礼を言った。

「水月さん。お父さんのこと、甚五郎さんに頼んでくださってありがとうございます。もしかして、甚五郎さんに私を会わせてくださったのって、そのためだったんですか？」

繭子の質問を受けて、水月が目を細めた。

「そうやね、君を甚五郎さんに紹介しておきたかった。あの人こそが、本当のモノノケの頭領やからね」

「そういえば、さっきもそんな話をしていましたね」

水月と甚五郎の会話を思い出す。彼は「先祖の話」と言って笑っていたが――

「甚五郎さんも、モノノケの子孫なのですか？」

今度は、水月に抱かれた仙利が答えた。

「甚五郎の先祖は、ぬらりひょんなのじゃよ」

「ぬらりひょん？」

どんなモノノケなのかわからず、首を傾げた繭子に、水月が説明する。

「ぬらりひょんっていうのは、年の暮れや夕暮れ時の人が忙しくしている時にやって来て、いつの間にか勝手に家にあがり込んで、くつろいでる妖怪やねん。煙草《タバコ》を吹かしたりお茶を飲んだりしてのんびり過ごした後、ふらっと帰っていく。妖怪の総大将なんて言われたりもするね」

「妖怪の総大将！　甚五郎さんが本当のモノノケの頭領って、そういう意味だったんですね」

「実際、俺が頭領なんて呼ばれるようになる前は、甚五郎さんがモノノケの子孫たちに気を配ってはってん」

「そうだったんですね。水月さんはどういった経緯で、頭領を継ぐことになったのですか？」

薊子の何気ない質問に、水月の表情が曇《くも》る。薊子は慌てて、

「あっ！　何か複雑な事情があるなら聞きませんので！」

と、両手を横に振った。

「いや……」

水月は弱ったように微笑んだ後、軽く頭を掻いた。

「今となっては恥ずかしい話なんやけど……。俺には親がいいひんかったから、生きていくために、昔は悪さばかりしててん」

「悪さ？」

「俺は天狗《てんぐ》の子孫やから風を起こせる。身も軽い。そやし、その力を使って金持ちそうな人を見つけたらひっくり返して、財布を盗《と》ったりしてたわけ」

「嘘……」

今の水月からは想像できない過去だ。驚く繭子に水月は苦笑いを向けて続ける。

「嘘やないよ。――ほんで、ある日、甚五郎さんの財布を盗ろうとして、いつものように風を起こしたんやけど、あっさり躱《かわ》された上に気が付いたら捕まっててん。いつの間にか俺の後ろにいて、手首をひねりあげてはったんやもん、ほんまにびっくりしたわ。さすが、ぬらりひょん、摑み所のない動きは超一流」

その時のことを思い出したのか、水月は遠い目をしている。

「甚五郎さんは俺の事情を聞き出して、悪さするぐらいやったらうちへ来いって言ってくれはった。甚五郎さんの屋敷でお世話になりながら勉強を教わるうち、書物を読むのが好きになって、物語の魅力に取《と》り憑《つ》かれた。見よう見まねで書いた小説を甚五郎さんが褒《ほ》めてくれはって、すすめられるままに出版社に投稿したら採用されてね。そのまま小説家になったっていうわけ。自分で稼げるようになったし、これ以上お世話になるのも悪いなと思って、甚五郎さんの屋敷を出てん。甚五郎さんの代わりに、京都で暮らすモノノケの子孫たちの相談に乗っているうちに、頭領を継いだような形になってしもた」

「そうだったんですね……」

水月と初めて会った時、彼はスリの疑いをかけられていた。更生した彼にとって、スリの犯人扱いをされたのは不本意であり、苦い気持ちにもなったことだろう。

水月も苦労してきたのだと思い、繭子がしんみりとしていると、仙利が「ニャア」と鳴いた。

「甚五郎は若い時から懐の深い男でな、困っている者がいたら、放っておけない性格なのじゃよ。かく言う儂も、甚五郎に助けられたのじゃ」

「仙利さんも？」

「儂は子猫の頃に母親とはぐれ、烏《からす》につつかれていたところを甚五郎に拾われたのじゃ」

「それは、仙利さんが猫又になる前の話ですか？」

仙利が「そのとおり」と頷く。

「かつては儂も、ただの弱い子猫だったのじゃよ」

「それがいつの間にか、こないに立派な猫又になってしもて」

水月が笑うと、仙利は二股に分かれた尻尾で今の飼い主の腕をぺしんと叩き、地面へ飛び下りた。水月を見上げ、琥珀《こはく》色の目を細める。

「儂は甚五郎から、お主のことを任されているのじゃ。保護者に対して失礼だと言い付けるぞ」

(きっと甚五郎さんが、屋敷を出る水月さんを心配して、仙利さんに保護者役を頼んだんだろうな)

甚五郎の親心や、仲の良い水月と仙利のやりとりを見て、繭子は微笑ましく思った。

「そういえば水月さんは、いつ頃、自分が天狗の子孫だって知ったのですか?」

繭子が水月からモノノケの子孫の存在を教えられたように、水月は甚五郎から教わったのだろうか。

「子供の頃から、自分には人とは違う妙な力があることには気付いてたんやけど、それがモノノケの能力に由来するって知ったのは、甚五郎さんに引き取られてからやね。甚五郎さんに『坊は天狗の子孫やな』って言われた時は驚いた。それまでは風を起こす力をうまく制御できひんかったんやけど、甚五郎さんの提案で扇子《せんす》を使うようにしてみたら、加減がわかるようになってん」

話しながら、水月は視線を上げた。いつの間にか二人は桜並木の下を歩いていた。

「よう咲いてるね」

水月が腰から扇子を引き抜き、ぱたぱたと開く。頭上に向かって軽く一振りすると、風に煽《あお》られた枝から花びらがはらはらと降ってきた。

藺子は両手をかざした。

「綺麗……！」

舞い落ちる花を摑もうと手を伸ばす藺子を見て、水月が微笑んでいる。仙利も楽しそうに、藺子の足元で跳ねている。

三人はしばらくの間、桜と戯《たわむ》れた。

＊

物思いに耽《ふけ》りながら銭湯から家に帰ると、水月はさっそく箱階段の引き出しから鋏《はさみ》を取り出した。

「前に自分で切ろうと思って買《こ》うてあった散髪用のやつやし、切れ味いいと思うで」

そう言いながら藺子に手渡す。

「本当に私が切っていいのですか？」

「うん」

頷いて、水月が繭子に背を向けて座る。そのまま動きそうにないので、繭子は観念した。

「わかりました。うまくできるかどうか不安ですけど切りますね。新聞紙を取ってきます」

何も敷かずに切ったら、座敷が髪の毛だらけになってしまう。

今朝の新聞を持ってきて、水月の周りに広げる。ふと、紙面の隅の小さな見出しが目に入った。

『髪切り魔、現る！』

今まさに、自分が水月の髪を切ろうとしていたところだったので、記事の内容が気になった。一度敷いた新聞紙を取り上げ、素早く視線を走らせる。夕暮れ時、一人で歩いていた女性が何者かに髪を切り取られたという短い記事だった。女性はすぐには髪を切られたことがわからず、しばらくしてから違和感を持ち、頭に触れてみて気が付いたという。

「切られたことがわからなかったなんて、あり得るのかな……？」

繭子のひとりごとが聞こえたのか、座っていた水月が振り向いた。

「どうしたん？」

「あっ、今、こんな記事を見つけて」

藺子が新聞を手渡すと、水月は「どんな？」と言いながら受け取った。

「……ふぅん。これはおかしな話やね」

記事を読んだ水月も不思議そうにつぶやく。

「もしかして、モノノケの子孫の仕業でしょうか？」

「そう決めつけるのは早いけど……気にかけておくわ」

水月は新聞から記事の載っている紙面だけを抜き、丁寧に畳《たた》んで懐に入れた。藺子を見上げ、

「我が家の可愛い髪切り魔さん、はよ、俺の髪を切ってくれる？」

と笑った。

（可愛いって……）

水月の悪戯《いたずら》っぽいまなざしに戸惑いながら、藺子は手早く新聞紙を敷き直した。

「準備ができました。水月さん、前を向いてください」

藺子に促され、水月が背中を向ける。藺子はできるだけ水月の心を読まないように、髪に触れるのは最小限にしながら、ゆっくりと鋏を入れていった。

静かな部屋の中に、鋏の音だけが響く。

（水月さん、今、何も考えていないのかな）

水月の心は凪《な》いでいて、なんの思考も感じ取れない。けれど、彼が、藺子に髪を

触られることを心地よく感じているのは伝わってくる。

後ろ髪を整えた後、繭子は前に回った。

「次は前髪を切りますね」

「うん」

水月が目を瞑《つむ》る。繭子は彼の前髪に触れようとして手を止めた。水月の顔をこんなに間近で見たのは初めてだ。

（綺麗な人）

思わず見とれていたら、水月の目がうっすらと開いた。

「……どうしたん？　まだ？」

黒鳶色《くろとびいろ》の瞳に見つめられ、思わず身を引く。

「えっ、あっ……すみません！」

水月は繭子の反応にびっくりしたのか、ぱちぱちと瞬《まばた》きをした。繭子は平常心を装いながら正座をし直すと、

「もう一度、目を瞑っていただけますか？」

と、お願いした。

「ん」

水月が再び瞼《まぶた》を閉じる。繭子は小さく深呼吸をすると、そっと彼の前髪を摘《つま》ん

だ。自分の手が少し震えているのがわかったが、慎重に前髪を整えていく。

しばらくして、繭子は鋏を下ろした。

「できた……！」

水月が目を開けたので、急いで手鏡を取ってきて渡す。

鏡面を見て、自分の頭を確認した水月が、

「へえ、うまいやん！」

と、感心した。長くぼさぼさしていた髪はすっきりとして、目にかかっていた前髪も短くなり、視界が良さそうだ。

散髪は難しいかと思っていたが、やってみたら意外と大丈夫だった。我ながらうまく切れているではないかと自画自賛してしまうほどだ。

散らばった髪を集めていると、店のほうから「ニャア」と声が聞こえた。暗がりの中に仙利がいる。

「仙利さん、猫集会から帰ってきたんですね」

「ああ」

身軽に板間《いたのま》に上がり、近付いてきた仙利の頭をひと撫でする。

仙利は夕刻から「今日は近所の猫たちの集会がある」と言って出かけていた。

「猫集会って、どんなお話をするんですか？」

「どこそこの家は奥方が猫を嫌っているから近付くなとか、どこそこの子供は餌《えさ》をくれるだとか、どこそこの雌《めす》猫が子猫を産んだとか、たあいないことじゃよ」

まるで人間の井戸端会議のようだと思い、繭子はくすっと笑った。

「繭子。腹が減った」

「繭子ちゃん、俺も」

仙利と水月から催促《さいそく》され、

「はい。すぐにご飯を作りますね」

と答える。

繭子は集めた髪を新聞紙で包み、鋏を引き出しに片付けると、土間に下りた。

懐から紐を取り出し、手慣れたしぐさで襷《たすき》掛《が》けにする。

「さて、やりますか」

きゅっと結んで、気合いを入れた。

＊

「このあたりって、ハイカラな建物が多いですね」

繭子は、電灯の立つ石畳の道を歩きながら、周囲をきょろきょろと見回した。

三條通《さんじょうどおり》は洋風の建築物が建ち並び、背広姿の男性が行き交っていて賑《にぎ》やかな雰囲気だ。今日はこの通りに面する蛍雪出版《けいせつしゅっぱん》に立ち寄った後、水月の買い物にお供することになっている。

隣を歩く水月が、物珍しそうにしている繭子を見て微笑んでいる。

「あっちの建物は鷹松銀行やで」

「えっ！　そうなのですか？」

水月が指し示した石造りの建物を見て、目を丸くする。

「立派ですね」

「あっちは保険会社やね」

今度は赤煉瓦《あかれんが》のビルを指差した。白い横縞《よこじま》の入った特徴的な建物を興味深く眺める。そのビルの前で、一人の少年が背広姿の男性の足を拭《ふ》いていた。繭子よりも二、三歳ほど下だろうか。身に着けているズボンとシャツはくたびれている。

繭子が少年に気を取られていたら、隣を歩いていた水月が「おっと」と言って体を揺らした。見下ろすと、五歳ぐらいの女の子が水月の袖を摑んでいた。

「お兄ちゃんも、おくつ、きれいきれいする？」

すり切れた木綿《もめん》の着物を着ているが、笑顔の可愛らしい子だ。

「きれいきれい？」

首を傾げた水月に、女の子が少年を指し示す。

「平太《へいた》兄ちゃんがきれいきれいしてくれるよ」

少年の様子を見た水月が「へえ」と軽く驚きの声を上げた。

「街頭で靴磨きしてはるんや。めずらしいね」

「靴磨き？」

どういう仕事なのかわからず、不思議な顔をした繭子に水月が説明をする。

「靴の埃《ほこり》を払って、クリームを塗って布で磨いてくれる。ぴかぴかになるねん。往来を回っている人は今までもいはったけど、最近は多阪《おおさか》なんかで、街頭に座ってやる人も出てきたって聞いたことあるわ」

話している間にも、女の子は水月の袖をぐいぐいと引いて、兄のもとへ連れていこうとしている。

水月は屈《かが》み込んで女の子と視線を合わせると、足元を指差した。

「お兄ちゃんが履《は》いているのは雪駄《せった》やから、お靴きれいきれいはできひんかな」

女の子が水月の雪駄を見て、納得した表情を浮かべる。

「ほんとうやね」

「今度、お靴を履いている時にお願いするわ」

「うんっ」

女の子は無邪気に笑い、身を翻《ひるがえ》すと、少年のもとへ駆け戻っていった。ちょうど客を見送っていた少年がこちらに気が付いた。目が合ったので会釈《えしゃく》をする。彼も愛想よく笑ってお辞儀をした。女の子の頭を撫でて何か話している。

「兄妹でしょうか」

「かもね。あんな可愛らしい子に『お靴磨く?』って聞かれたら、汚れてへんでも磨こうかなっていう気になるね」

水月が目を細め、繭子も「そうですね」と同意する。

(女の子の着物、だいぶ傷《いた》んでいたな……)

もしかすると、親がいないのかもしれない。兄と妹、二人で力を合わせて生きているのではないだろうかと想像して、身につまされた。

かつて逢津《おおつ》で、母と二人で暮らしていた時のことを思い出す。

繭子は自分が他人の心が読めることを、母には隠していた。母に優しくしてくれた竹造《たけぞう》と喜多乃《きたの》夫婦が、繭子を気味悪がって離れていった出来事が、心の傷になっていた。

自分の力が知られたら、母を不幸にするかもしれない。父がいなくなって悲しんでいるのに繭子の前では父の話は一切せず、いつも笑顔で接してくれる母に、これ以上つらい思いはさせたくない。

私はお母さんを支えなきゃ。いつも笑顔でいなきゃ。いい子でいなきゃ。

誰にでも優しい母のように、素晴らしい人間にならないと――

かつての自分を思い出し、ぼんやりしていたら、水月に「繭子ちゃん」と名前を呼ばれた。

「何してるん？　行くで」

「あっ、はいっ」

繭子は我に返り、既に歩きだしていた水月を追いかけ、隣に並んだ。

蛍雪出版は、印象的なアーチ状の窓が付いた三階建ての建物だった。

受付で要《かなめ》を呼んでもらい、水月が今月の原稿を手渡すと、要は涙を流さんばかりに喜んだ。

「壱村先生が締め切り前に原稿を仕上げはるなんて、しかもわざわざ持ってきてくれはるなんて奇跡や……奇跡が起こった！」

「大層な言い様やなぁ」

水月が呆れた表情で肩をすくめる。繭子は隣で苦笑いを浮かべた。

（水月さん、そんなに毎月締め切りを破ってたんだ……）

要は繭子のほうを向くと、

「繭子君！　全部君のおかげや！」

と、菩薩《ぼさつ》を拝むように両手を合わせた。

「は、はい？　私？」

いきなり感謝され、きょとんとする。

「君が壱村先生のお世話をしてくれてるから、生活の質が向上して、締め切りを守れるようにならはったんでしょう？　ありがとう、ありがとう！」

何度も頭を下げられ、繭子は恐縮《きょうしゅく》した。

「そんなことないです。水月さんがやる気を出したんですよ」

「そうやで。俺がやる気を出せば締め切りなんて、ちょちょいのちょいやで」

水月が胸を張ると、要は強い口調で、

「では、その調子で来月もよろしゅうお願いしますね！」

と、念を押した。

「任せとき」

調子よく頷いた水月を見て、繭子は「大丈夫かなぁ」と心配になった。

外まで見送りに出てくれた要に手を振って、蛍雪出版を離れる。

新京極通《しんきょうごくどおり》を南へ下りながら、繭子は水月に問いかけた。

「買い物に行きたいっておっしゃっていましたが、目的のお店があるのですか？」

新京極通は、映画館や劇場、カフェー、土産《みやげ》物屋など、様々な商店が立ち並ぶ繁華街だ。ここに来ればなんでも手に入りそうだ。

けれど水月は意外な店の名前を言った。

「丸花《まるばな》百貨店に行こうかと思ってて、お金持ちの人が行く、あの百貨店ですか？」

「百貨店？……って、お金持ちの人が行く、あの百貨店ですか？」

目を丸くすると、水月は「うん」と頷いた。

「そこで、繭子ちゃんに何か買ってあげようと思って」

「ええっ？」

驚いた繭子に、水月がにこりと笑みを向ける。

「日頃のお礼」

「お礼をいただくようなことはしていません」

「毎日おいしいご飯を作ってくれてるやん。髪も切ってくれるし」

「それは仕事ですから。ちゃんとお給金もいただいてますよ」

「ええねん。俺があげたいだけ」

困惑《こんわく》する繭子にさらっとそう言うと、水月は鼻歌を歌いながら、人の多い新京極通を歩いていく。さりげなく、繭子が歩きやすいように人の流れをよけてくれる。

公演が終わったのか、劇場からたくさんの人が出てきた。

「おっと、危ない。繭子ちゃん、こっち」

水月がぐいと繭子の手を引き、隣の店の前へ連れていく。ショウウィンドウの中に写真が飾られたその店は写真館だった。水月は繭子の手を離すと、ショウウィンドウの家族写真を見て「へえ……」とつぶやいた。繭子を振り返り、にこっと笑う。

「今度、一緒に写真撮ろっか」

「えっ、写真？　嫌です。私、魂抜かれたくないです！」

思わず断ると、水月が吹き出した。

「それ、いつの時代の迷信？」

「あはは」と笑う水月に、繭子は唇を尖《とが》らせる。

「お母さんがそう言っていたんですよ」

「大丈夫、抜けへんし。繭子ちゃんのお母さんは、純真なお人やったんやね」

母は素直で、人の言うことをなんでも信じる性格だった。そんな母が悪者に騙《だま》されはしないかと、繭子はひやひやしたものだ。時に世間知らずで、少女のようだった母には、水月の言うとおり「純真」という言葉がよく似合う。

（そういえば、お母さんって、どこかの島出身だって言ってたな……）

父が行方不明になった後、繭子と二人暮らしの不安からか、母が一度だけ「私は島の中で生まれ育ったから、物事を知らない」とこぼしたことがある。その島がどこなのか、詳しくはわからない。故郷の話をするのを、母は避《さ》けていたようだったから。

今日はやけに母のことを思い出す。

「俺も繭子ちゃんのお母さんに会ってみたかったな。きっととても素敵な人やった

んやろうね」

感傷的になっていた繭子は水月を見上げると、

「水月さんに母を会わせたかったです」

と、微笑んだ。

新京極通を抜けて辿りついた丸花百貨店は、混凝土《コンクリート》造りの立派な建物だった。入

り口の上に、丸の中に「花」と書かれた旗が掲《かか》げられている。

洋花の描かれた流行《はや》りの着物を着た婦人が、夫らしき洋装の男性と店内へ入って

いく。お金持ちそうな二人を見て「やっぱり自分は場違いだ」と怯《ひる》んでいたら、水

月に背中を叩かれた。

「繭子ちゃん、行くで」

すたすたと入り口に向かう水月に置いていかれそうになり、心細くなった繭子

は、慌てて彼の背中を追いかけた。

「わぁ、すごい！」

下足番《げそくばん》に草履を預け、店内に入った繭子は、見たことのない世界に目を丸くした。

天井は高く、豪華なシャンデリアが吊《つ》り下がっている。広々とした空間を太い柱が支えていて、奥のほうに赤い絨毯が敷かれた階段が見えた。並べられた硝子ケースの中には反物が掛けられ華やかだ。売場では、実物を手に取りながら客が店員と話している。

臆《おく》す様子もなく、水月は店内を回り始めた。

「繭子ちゃん、何か欲しいものある？」

「そう言われましても……」

繭子は水月のそばにできるだけくっつき、おどおどと歩きながら周囲を見回した。

レースの肩掛け、刺繍《ししゅう》の日傘、絹の手巾《しゅきん》……

どれも素敵だが、自分には身分不相応な気がする。

「遠慮しなくてもええよ。この間、原稿料が入ったばかりやから」

「お気遣《きづか》いなく！」

水月はしきりにすすめてくれるが、繭子はかたくなに首を横に振った。

「繭子ちゃんにおねだりしてもらいたかったんやけど、寂しいなぁ……」

大げさに溜め息をついた水月を見て、逆に申し訳なくなった。

ふと、そばの硝子ケースに並べられた繻子《しゅす》のリボンが目に留《と》まった。赤い色が可愛らしい。

(こういうの、女学生さんが着けているのを見たことがある)

京都には、セーラー服という洋装の制服を取り入れた女学校がある。リボンを結んだ髪に帽子をかぶっている姿が素敵だと、繭子は密かに憧れていた。

思わずじっと見つめていたら、水月が横からひょいと硝子ケースを覗き込んだ。

「これが欲しいん?」

「えっ、あっ、違う……」

「店員さん、出してくれはる?」

そういうつもりではないと慌てて伝えようとしたが、それよりも早く、水月が女性店員に声をかけた。

あれよあれよという間に繭子の髪にリボンが結ばれ、「よくお似合いです」「ほな、これください」と店員と水月の間で話が進み、会計が済んでしまう。

(こんなに高いもの、いただけない……)

どうしたらいいかとおろおろしている繭子に、水月が、

「ええね。繭子ちゃんの長い髪に、よう似合《にお》うてる。可愛い」

と声をかけた。水月の褒め言葉にどきっとして頰《ほお》が熱を持つ。「いただけません」と言えなくなってしまい、繭子は体の前で指を絡めながら、小さな声で、

「ありがとうございます……」

とお礼を言った。

「どういたしまして。――さて、買い物も済んだことやし、アイスクリームでも食べに行こか」

「アイスクリーム！」

照れていた繭子の目がきらっと輝く。以前『星林文庫』に来た女学生が話していた。冷たくて甘くて、とてもおいしい菓子らしい。

（でも、これ以上、水月さんにおねだりするわけには……）

遠慮をしている繭子に気が付いたのか、水月がさらりと続けた。

「俺が食べたいねん。寺町《てらまち》二条《にじょう》にええとこがあるから、行こ」

誘惑に、繭子はあらがえなかった。

＊

甚五郎からの使いで芳村が『星林文庫』を訪ねてきたのは、百貨店に買い物に行ってから数日後のことだった。

「すみません。今、水月さんは出かけています」

水月は「今日は知り合いに会いに行く」と言って外出中だ。

「そうなんですね。繭子さんのお父君の手がかりが摑めたのでお呼びするように
と、主人から言いつかって参ったのですが、後日になさいますか？」

芳村の言葉を聞いて、繭子は目の色を変えた。

「行きます！　ああでも、お店番が……」

店を放って出かけるわけにはいかない。迷っている繭子に、仙利が声をかける。

「早じまいをすればいい。少しぐらいかまうまいよ。もともとこの店は不定休じ
ゃ。それに、そのうち水月も帰ってくるじゃろう」

「気にするな」と言うように、「ニャニャッ」と笑う。

（お仕事を放り出すわけには……）

一刻も早く父の手がかりを知りたいという気持ちと、仕事という義務を比べ「う
ーんうーん」と唸《うな》る繭子を見て、芳村が微笑んだ。

「壱坊に何か言われたら、芳村が無理に連れていったとおっしゃってください」

「そんな！　芳村さんのせいにするわけにはいきません！」

「大丈夫ですよ。彼は怒らないので」

芳村に自信満々に言われ、繭子は迷った末、甚五郎の屋敷へ向かうことにした。

手早く店じまいをして、軽く身だしなみを整えた後、仙利を抱いて外に出る。

「こちらです」と芳村に案内されるままに付いていくと、六角堂《ろっかくどう》の塀の前に、黒塗りの自動車が停まっていた。

「藹子さん、どうぞ」

曇り一つなく磨かれた立派な自動車を見てぽかんとしていた藹子は、芳村に声をかけられ、我に返った。

「あ、あの、この車は……？」

「鷹松家の自家用車でございます。さあ、お乗りください」

芳村が、後部座席の扉を開ける。

促されるままにおそるおそる自動車に乗り込むと、別珍《べっちん》の座席はふんわりとしていて座り心地が良かった。仙利も藹子の腕の中から飛び下りて、気持ちよさそうに座席の上に寝そべった。

「では参りますよ」

運転席に座る芳村がエンジンをかける。自動車が動きだし、藹子は思わず「わぁ！」と声を上げた。

窓の外、六角通の風景が流れていく様を眺める。

（京都に来てから、驚くことだらけ）

逢津にいたら、百貨店に行ったり、自動車に乗ったりする経験はできなかっただろう。水月に出会うこともなく、自分がモノノケの子孫であるという事実も知らないままだった。

繭子は、奇跡のような巡《めぐ》り合わせに、あらためて感謝する。

このまま奇跡が続き、父も見つかりますようにと祈った。


鷹松家別邸に着くと、繭子はすぐに三階の和室に通された。

甚五郎は今日も付書院に座り、書物を読んでいた。

「よう来たのぅ。繭子さん」

書物を置き、好々爺の笑みを浮かべる。仙利が甚五郎のそばへ行き、甘えるように膝の上に乗った。

「あのっ、父の手がかりが見つかったとか！」

繭子は腰を下ろすなり甚五郎に尋ねた。甚五郎が、落ち着きなさいと言うように手のひらをこちらに向ける。

「順番に話そう」

繭子は一言も聞き漏らすまいと、甚五郎の言葉に耳を傾けた。

「儂の知り合いに緒方紺《おがたこん》という画家がいるんやが、昔一度だけ、木ノ下悟という男の絵を見たことがあるらしい。そして数年前にも、似たような絵を京都で目にしたことがあると言うていた」

「やっぱり父は京都にいたのですね！」

前のめりになった繭子に、甚五郎は難しい顔をしてみせる。

「紺が数年前に見たという絵を描いた人物が、繭子さんの父君と同一人物なのかは、まだわからん。だが、確かめてみる価値はあるやろう」

「確かめます！　どこに行けば、その人に会えるでしょうか？」

ようやく見つけた手がかりだ。何としても父に辿りつきたい。

「緒方紺に直接聞くといい。今、平安神宮《へいあんじんぐう》一帯で、皇太子殿下の御成婚を祝う博覧会が催《もよお》されている。京都画壇《がだん》の画家の作品が展示されている、絵画専門館で紺に会うとええ。儂から話をしておこう」

「ありがとうございます！」

繭子は両手を畳につき、感謝を込めて深々と頭を下げた。

甚五郎と話を終え、期待でふわふわした気持ちで鷹松家別邸を出た。

芳村が「帰りも自動車で送りますよ」と言ってくれたが、興奮している気持ちを落ち着けたくて遠慮をした。

仙利を抱いて帰路につく。

数週間前、水月と見た桜は既に散っていた。夕闇の中、葉桜の下を歩きながら、父のことを考える。

母は天真爛漫《てんしんらんまん》な人だったが、子供の繭子から見ても、父はどこか陰のある人だった。時折、何かに苦しむかのように難しい顔をしていた。けれど、一人娘の繭子には甘く、膝に乗せて、よく繭子のお喋りを聞いてくれた。

（お父さん、どうして家を出ていってしまったのかな……）

理由はずっとわからない。

――わからない？　本当に？

何かが引っかかり、繭子は足を止めた。

考え込んでいると、突然、誰かの声が脳裏《のうり》に響いた。

ハッとして振り返る。一つに結んでいたはずの髪がなびき、頬に当たった。油のような匂いが鼻をついた。

「えっ……」

驚いて頭に触れる。腰まであった髪が、いつの間にか肩の上まで短くなっている。

（髪が……切られてる）

藺子の腕から飛び下りた仙利が、走り去る、頭に手ぬぐいを巻いた小柄な人物を追いかけた。藺子の髪を切った人物は仙利を振り払い、八坂神社の社叢《しゃそう》の中に逃げていった。

「髪切り魔……？」

藺子はへなへなとその場に座り込んだ。いつ近付いてきたのだろう。なんの気配も感じなかった。藺子がサトリで、髪に触れられた時に相手の心の声が聞こえなければ、きっとすぐにはわからなかっただろう。

呆然《ぼうぜん》として頭を押さえていた藺子は「あっ……」と気が付いた。水月が贈ってくれたリボンまでもがなくなっている。

「嘘……」

慌てて周囲を見回してみたが、落ちてはいない。髪を切られた時に、リボンも持っていかれてしまったに違いない。

水月が「似合う」と言って贈ってくれたリボンだったのに、まさか盗られてしまうなんて。

仙利が駆け戻ってきて、

「藺子、大丈夫か？　怪我はしておらぬか？」

と、心配そうに問いかけた。伸び上がって藺子の様子を窺っている仙利に、藺子は気丈に笑ってみせた。

「大丈夫ですよ」

「本当か？」

「はい」

髪切り魔は綺麗に髪だけを切っていき、繭子の体には傷一つ付けていない。けれど、悲しさや悔しさで心は痛くて、瞼が熱くなった。

ふらふらと家へ帰ると、明かりが点《つ》いていた。硝子戸を開け中へ入ったら、奥の座敷から水月が飛び出してきた。

「繭子ちゃん、どこへ行ってたん？　暗くなっても戻ってきぃひんし、心配して……」

水月は言葉の途中で、ざんばらになった繭子の髪に気付き、血相を変えた。

「どうしたん、その髪！」

水月の顔を見た途端、繭子の目に涙が溜まった。けれど、なんとか落ち着いて事情を話そうと試みる。

「す、水月さん、あの、遅くなってすみません……私、甚五郎さんのお屋敷へ、行っていたのですが、帰りに、か、髪をっ……」

泣かないよう、必死に堪《こら》える。水月に心配をかけたくない。なんでもないことのように事実だけを伝えたいのに、うまくいかない。

水月は繭子の手を取って、

「とりあえず、中に入り」

と、優しく促した。こくんと頷いて草履を脱ぐ。

繭子を座布団の上に座らせると、水月は土間へ行き、水を汲《く》んで戻ってきた。

「これ飲んで、気持ちを落ち着けて」

すすめられるがままに湯呑みを手に取り、口に持っていく。手が震えていて、うまく飲めない。ゆっくりと水を飲む繭子に、水月がそっと尋ねた。

「何があったか話せそう？」

「儂が話そう」

繭子のそばに寄り添っていた仙利が口を開いた。水月の視線が仙利に向く。

「繭子は、父の手がかりが見つかったと甚五郎から連絡を受けて、鷹松家別邸に向かったのじゃ。その帰り道で、不審者にいきなり髪を切られた」

「髪切り魔か！」

水月がハッとしたように鋭い声を上げた。仙利は「おそらく」と頷いた。

「儂はすぐにそやつを追いかけ、飛びかかったが振り払われた。相手は体が小さかった。子供かもしれない」

「私、髪に触れられた時、犯人の心の声を聞いたんです……」

相手が心の中で繰り返していた言葉を思い出し、恐怖が蘇《よみがえ》る。

「犯人はなんて言うてたん？」

水月に問われて、繭子はぶるりと体を震わせた。

「『切りたい、切りたい、切りたい』って……」

水月が背中に触れ、怖がる繭子を落ち着かせるように、とんとんと叩く。

『可哀想に。怖かったやろ……』

水月の心の声が聞こえ、繭子は申し訳ない気持ちでいっぱいになった。

（勝手にお店を閉めて出かけて、こんな姿で帰ってきて、心配かけてごめんなさい……）

「……水月さんが買ってくださったリボン……なくしてしまいました。本当に、申し訳ありません……」

小さな声で謝ると、水月は、

「そんなん気にしぃひんでええよ。繭子ちゃんに怪我がなくてよかった」

と、頭を撫でてくれたが、繭子の心は沈んだままだった。

手鏡を覗き込んで、繭子は、そこに映るのが自分ではないような気がした。

＊

「どうやろか……？」

繭子の後ろに座っている水月が、不安そうに尋ねる。

ざんばらだった繭子の髪は、水月の手で綺麗に整えられていた。

まだ髪の短い女性は少ないが、先進的な女性の中には断髪にしている者もいると聞く。

（短いのも、そんなに悪くないよ）

肩の上で切り揃えられた髪を見て、自分に言い聞かせる。それに、待っていれば髪はもとに戻る。戻ってこないものは、水月に贈ってもらったリボンだ。

繭子には手が出ない、高価で美しいリボンだった。なくしてしまったのは、身の丈に合わないものを買ってもらったから、バチがあたったのかもしれない。

気を抜くと暗い表情になってしまうので、繭子は努めて笑顔を浮かべた。

「ハイカラでいいと思います！　私、この髪型、とても気に入りました」

繭子の答えに安心したのか、水月が立ち上がった。鋏を箱階段の引き出しにしまい、「さて」とつぶやく。

「俺はちょっと出かけてくる」

「こんなに早く、どちらへ？」

先ほど、朝ご飯を食べたばかり。

「甚五郎さんに会いに」

「もしかして、お父さんの話ですか？」

身を乗り出した繭子に、水月は首を横に振ってみせた。

「ちゃうよ。別件」

「そうですか……」

新情報を聞き出してもらえるのかと思った。期待が外れ、肩を落とした繭子を元気づけるように、水月が微笑む。

「繭子ちゃんのお父さんの件は、緒方さんに話を聞くことになってるんやろ？　大丈夫。きっとお父さんは見つかる。緒方さんに会いに行く時は、俺も付いていくし」

「はい」

水月が一緒に来てくれるなら心強い。

「行ってきます」と言って水月が出ていくと、縁側に寝そべっていた仙利が身を起こした。体を伸ばし、あくびをする。

「儂も出かけてくる」

「仙利さんも？」

仙利は開いていた窓から外に出ると、身軽に塀の上に飛び乗った。隣家の屋根に移って、そのまま姿を消してしまう。

二人に置いていかれて少し寂しく思ったが、繭子は気を取り直し、

「さあ、お仕事頑張ろう！　いつまでも落ち込んでいたら駄目！」

と自分に発破《はっぱ》をかけ、朝の掃除に取りかかった。


水月が鷹松家別邸に着くと、今日はめずらしく喫煙室に通された。

この部屋は異国情緒が漂うしつらえになっていて、壁には雷紋《らいもん》の装飾が施され、床には幾何学模様のタイルが敷かれている。

螺鈿《らでん》の長椅子に座り、紙巻き煙草をくゆらせていた甚五郎が顔を上げ、室内に入ってきた水月に目を向けた。

「甚五郎さん、度々すみません」

水月が軽く頭を下げると、甚五郎は、

「度々とは？」

と、意味がわからない様子で、口から煙草を離した。

「ほんまは、引退したあなたの手を煩《わずら》わせるようなこと、あまりしたらあかんのやけど、お知恵をお借りしたくて」

「そないなこと気にしぃひんでええ。儂はお前さんの親みたいなものやからな。子供に頼られたら、親は嬉しいもんや」

甚五郎は煙をふぅと吐くと明るく笑い、紙巻き煙草を灰皿に押し付けた。

「で、今回はなんや？」

「昨日、ここに繭子ちゃんが来たと思うのですが」

「父君の話をするために儂が呼んだ」

「その帰りに、彼女は髪切り魔に髪を切られました。ご存じですか？　今、女性を狙って髪を切る、変質者が出没していることを」

「なんやて！」

甚五郎が立ち上がった。部屋の外に向かって声を張り上げる。

「芳村！　芳村はおるか！」

呼ばれた芳村がすぐに姿を見せた。

「ここにおります」

「昨日、繭子さんを自宅まで送り届けへんかったんか？」

「繭子さんが『歩いて帰る』とおっしゃいましたので……申し訳ございません」

何かあったのだと察した芳村が、深々と頭を下げて謝罪した。

甚五郎は溜め息をついて長椅子に座り直すと、軽く手を振った。

「わかった。今度からは必ず送るように」

「かしこまりました」

芳村が一礼し、去っていく。その背中を見送り、水月は申し訳ない顔をした。

「芳村さんのせいやありません」

「怠慢《たいまん》には違いあるまい」

「………」

厳しい甚五郎にそれ以上何も言えず、黙り込む。

「そなたは髪切り魔について思うことがあって、儂に確認に来たのだろう?」

甚五郎に問われて、水月は頷いた。

「以前から気になってはいたんです。相手に気取《けど》られずに髪を切るなんて人間業《わざ》やない。モノノケの能力やないかって。甚五郎さん、そういったモノノケをご存じではありませんか?」

水月が尋ねると、甚五郎はあっさりと「ある」と頷いた。

「その能力から推察できるモノノケは『髪切《かみきり》』やな」

「『髪切』?」

水月はそのモノノケを知らなかったが、名前を聞いただけで、髪を切るモノノケだと容易に想像できる。

「『髪切』は、夜間に道行く人間の髪を知らぬ間に切るモノノケや。貧しさから髪を売っていた人の恨みがモノノケに変じたとも、狐やカミキリ虫の仕業などとも言われているが、さだかではない」

「甚五郎さん、京都に『髪切』の子孫はいますか？」

「儂はまだ把握しておらんが、いないとも言い切れまい」

「仙利は、『髪切』は子供かもしれないと言っていました」

「子供か……」

甚五郎が顎に手を当て、難しい顔をする。

「繭子ちゃんは髪を切られた時、『切りたい』と繰り返す犯人の心の声を聞いたそうです。もしかすると『髪切』は、自分の力をうまく制御することができひんのかもしれません」

かつての自分のように。

水月の胸に、苦い過去が蘇る。

「世間一般には、モノノケの子孫のことは知られてへん。髪切り魔が本当に『髪切』の子孫で、人とは違う力を持っていることに気付かれたら、その子が迫害される恐れがある」

甚五郎の心配に、水月は同意した。

「そのとおりです。俺が『髪切』を捜します」

「それがええ。早く見つけて保護するんや。儂のほうでも調べておこう」

「恩に着ます」

水月は一礼すると、身を翻した。大股で喫煙室を出る。

見送りに現れた芳村に会釈をして、鷹松家別邸を後にした。

「捜す」と言ったものの、水月には『髪切』がどこにいるのか、見当も付かなかった。

(そういや『髪切』は、切った髪をどうしてるんやろう。甚五郎さんは『髪切』は貧しさから髪を売っていた人の恨みがモノノケに変じたもの、とも言ってたな。もしかして『髪切』の子孫も髪を売っているのか……?)

考え込みながら八坂神社を抜ける。参道には露店《ろてん》が立ち並び、行き交う人々で賑やかだ。

何気なく露店を眺めながら歩いていた水月は、ふと足を止めた。

「へえ、可愛いやん」

老婦人が店番をする布小物の店だった。縮緬《ちりめん》の巾着や刺繍の入った半襟などは、彼女の手作りだろうか。

自然と「繭子ちゃんに似合いそうや」と思った。けれど、ああいうものを買って帰ったら、彼女はまた遠慮をするだろう。

（もうちょっと甘えてくれてもええんやけどなぁ……）

繭子は気立ての良い子だが、どこか無理をしているように感じる。父の悟が行方不明になってから、母を支えて懸命に生きてきたに違いない。

（母親か……）

自分の幼少期を思い出し、苦い気持ちになる。水月は母親の愛情を知らない。あの頃の自分も、誰かに甘えたい気持ちを押し殺して無理をしていた。

（甚五郎さんに拾ってもらえなかったら、今の俺はなかった）

彼が父親のように慈《いつく》しんでくれたから、水月はまっとうな大人になれた。感謝してもしきれない。だから今度は自分が繭子に何かできたらと思うのに、彼女のほうは水月に遠慮があるようだ。

繭子が必死に一人で立とうとしている姿はいじらしいが、いつかぽきっと折れてしまうのではないかと心配になる。

（どうしたらええんかなぁ……）

繭子のことを考えながらぼんやりと布小物を眺めていたら、目の端に留まったものがあった。

「おばさん、その籠《かご》の端布《はぎれ》、見せてくれはる？」

「はいよ」

老婦人が、様々な色の端布が入れられた籠を水月に手渡す。小物を作った余りの布を、安く売っているのだろう。

水月は籠の中を物色し始めた。


一方、仙利は鴨川《かもがわ》の河川敷で、馴染《なじ》みの猫たちとひなたぼっこをしていた。

この間、雌猫から生まれた子猫たちは、烏に襲われた一匹を除いて順調に育っているだとか、いつも猫を追い出す女将《おかみ》さんにちょっかいをかけに行った玉吉《たまきち》が、危うく罠にかかりそうになっただとか、皆、思い思いに喋っている。

うつらうつらしながら、彼らの話に耳を傾けていた仙利のところへ、一匹の猫が近付いてきた。

「仙利、先日の集会以来だな」

ハチワレ模様の猫は、親しげに仙利に話しかけた。彼は三條大橋《さんじようおおはし》の下をねぐらにしている猫だ。かつては飼い猫で「八《はっ》ちゃん」と呼ばれていたらしいが、飼い主の老人が亡くなった後、誰にも引き取ってもらえず野良《のら》になったらしい。

「そうじゃな。八ちゃんは元気じゃったか？」

「ああ、元気元気」

八ちゃんは後ろ足で頭を掻いた。

「八ちゃんは、いろんなところへ顔を出しておるじゃろう？　そなたに聞きたい」

仙利は八ちゃんに繭子を襲った髪切り魔について話した。

「人間の髪を切って回っている子供を見たことがないかって？　そうさなぁ。知らねぇなあ」

毛繕《けづくろ》いをしながら、八ちゃんが答える。仙利は「むう……」と唸った。

（行動範囲の広い八ちゃんなら、何か知っているかと期待したのじゃが……）

がっかりする仙利を見て、役に立てなかったことを申し訳なく思ったのか、八ちゃんのほうから尋ねてきた。

「他に何か手がかりになりそうなものはねぇのかい？　例えば、子供ってこと以外の特徴とかさ」

八ちゃんに質問され、仙利は「そういえば」と思い出した。

髪切り魔に飛びかかった時、独特な匂いがした。

「奴から、ツンと鼻をつく匂いがした」

仙利の話を聞いて、八ちゃんは「ツンとする匂い？」と首を横に倒した。

「関係あるかはわからねぇが……時々俺に餌をくれる兄妹がいるんだ。兄のほうは妹が俺に餌を与えている間、俺の体を撫でているんだが、いつも手が黒く汚れていて、ツンとする匂いがするんだよ」

八ちゃんの言葉を聞いて、仙利は身を乗り出した。

「その兄妹はどこにいるのじゃ？」

「さあ？　俺は餌をもらうだけだし、よく知らない」

「そうか……」

それ以上は何も知らないようだったので、仙利は残念に思ったが、教えてくれた八ちゃんにお礼を言った。

「ありがとう、八ちゃん」

「いいってことよ。なんだかよくわからねぇが、お前の知り合いの髪を切った犯人、見つかるといいな」

「ああ」

仙利は頷いた後、二股の尻尾を揺らしながら八ちゃんのそばを離れた。

（今日は、水月さんも仙利さんも帰ってくるのが遅かったな……）

布団の中で横になり、繭子は二人のことを考えた。

朝から出かけていった二人が帰宅したのは、日が暮れた後。

繭子が「おかえりなさい、水月さん。遅かったですね」と声をかけると、水月は「甚五郎さんと昔話で盛り上がってん」と微笑んだ。繭子はなんとなく、水月が何か隠しているように感じられて、「甚五郎さんの他にも、どなたかと会っていたのかも」と考えた。

（そういえば、水月さんは前に朝帰りをしたことがあったっけ）

その時は詳しく聞かなかったが、もしかしたら恋人でもいるのかもしれない。

（水月さんは大人だし、ひょろっとしてるけど顔はいいし、優しいし、そういう人がいてもおかしくはない……）

きっと、綺麗な人なのだろう。水月の隣に立つ女性の姿を想像して、繭子はなぜだか少しもやっとした。

しばらくの間、目を瞑って横になっていたものの、今夜は眠気がこない。

（寝られない。お水でも飲んでこよう）

自室を出て箱階段へ向かう。すると、階下から水月と仙利の声が聞こえてきた。

「仙利の友達がそんなことを――」

「水月のほうも――」

「『髪切』はおそらく――」

藺子が階段を下りていくと、二人の会話はやんだ。

水月が振り向き、藺子に向かってにこりと笑いかける。

「藺子ちゃん、どうしたん？　目ぇ覚めたん？」

「寝られなくて、喉が渇いたので下りてきました」

「そう」

「水月さん。仙利さんとなんの話をしていたんですか？」

藺子は水月に尋ねた。水月が表情を変えずに答える。

「大した話はしてへんよ。仙利に、今日は何をしてたんか聞いてただけで……」

「二人は髪切り魔について話していたんですよね？」

誤魔化《ごまか》そうとした彼の言葉を、藺子は遮《さえぎ》った。

しばらくの間、無言で見つめ合った後、水月がふっと唇の端を上げた。

「……どのあたりから聞いてたん？」

「仙利さんの友達がどうとか、かみきりがどうとか、そのあたりからです。かみきりって、髪切り魔のことですよね？」

質問すると、水月は藺子を手招《てまね》いた。

「ゆっくり話すし、こっちに来て座り」

仙利が藺子に場所を譲るように、座っていた座布団から立ち上がる。藺子は「すみません、ありがとうございます」とお礼を言って腰を下ろすと、仙利を抱き上げ膝に乗せた。

「水月さん、もしかして、髪切り魔の正体がわかったんですか？」

あらためて問う。水月が真面目な表情で繭子の質問に答えた。

「髪切り魔はおそらくモノノケの子孫――『髪切』の子孫やと思う」

「えっ！」

最初に新聞記事で髪切り魔のことを知った時、水月は「モノノケの能力かもしれない」と言っていた。まさか本当にモノノケの子孫の仕業だったとは。

「『髪切』って、どんなモノノケなんですか？　名前からして、髪を切るモノノケですよね？」

水月が繭子の質問に対し丁寧に答える。話を聞いた繭子は悲しい気持ちで目を伏《ふ》せた。

「私が聞いた『切りたい、切りたい、切りたい』っていう心の声は、先祖返りした力が抑えられなくて、どうしても人の髪を切りたくて仕方がないっていう、『髪切』の悲鳴のようなものだったのでしょうか」

『髪切』がモノノケの本能に振り回されて犯行を繰り返しているのだとしたら、本人も苦しんでいるのかもしれない……

藺子の言葉に、水月が憂《うれ》いの表情を浮かべる。

「悲鳴、か……。モノノケの子孫たちは往々にして、自分が持って生まれた力に苦しめられる。人は理解できないものに出会うと怖いと思い、時には怒りを感じ、自分とは違うものを否定する。負の感情を向けられるのは、ほんまに堪《こた》える……」

「水月さん？」

暗い瞳でつぶやいた水月に、藺子が心配のまなざしを向けると、彼はハッとしたように我に返った。

「ああ、かんにん。ぼうっとしてしもた。『髪切』の話やったね」

「水月さんは、『髪切』がどこにいるか、わかっているんですか？」

「今日、俺が調べてきたことと、仙利が聞いてきた話で、大方予想はついてる。明日、本人に会いに行こうと思う」

「私も行きます！」

藺子はちゃぶ台に両手をつき、身を乗り出した。勢いに驚いた仙利が、藺子の膝から飛び下りる。

水月は止めるかもしれない。藺子は、黙ったままの水月をじっと見つめた。

「駄目と言われても付いていく」という藺子の強い意志が伝わったのか、水月は苦笑いを浮かべた。

「……繭子ちゃんに知られたら、きっとそう言うと思っててん。そやから、仙利とこっそり相談してたんやけどなぁ……」

水月の心遣いに気付き、自分のわがままを申し訳なく思う。けれど、自分は当事者だ。真実を知りたい。

「ほな、明日は一緒に『髪切』に会いに行こう」

「はいっ」

水月の許可を得られてほっとする。

『髪切』は一体どういう人物なのか。なぜ、女性の髪を切って回っているのか。困っていることがあるのなら、力になりたい――

＊

翌日、繭子と水月は連れだって、『髪切』がいると予想される場所に向かった。

繭子は腕に仙利を抱き、水月は黒のズボンに立ち襟のシャツという洋装姿だ。隣を歩く水月を、繭子はちらりと見上げた。いつもの着流し姿とは違い、新鮮に感じる。洋装も意外と似合っている。

壱村邸から東洞院通《ひがしのとういんどおり》を北上すると、すぐに三條通に辿りつく。石造りの外観を持つ銀行の建物や、時計塔を備えた時計店の前を通り過ぎる。

赤煉瓦の建物が見えてくると、今日も靴磨きの少年が座っていた。

洋装の水月を見つけ、小さな女の子が走り寄ってくる。

「お兄ちゃん。おくつ、きれいきれいする？」

水月の足と顔を見比べ、女の子がにこっと笑う。その髪に、先日はなかった赤いリボンが結ばれている。

水月が女の子を見下ろし、

「そうやね。今日は革靴やから、きれいきれいしてもらおうかな」

と答えると、女の子は嬉しそうに顔を輝かせ、水月の手を握った。

「じゃあ、こっち来て」

女の子に引っ張られて、靴磨きの少年のところへ向かう。

「平太兄ちゃん、お客さん！」

女の子が声をかけると、道具の整理をしていた靴磨きの少年——平太が、顔を上げた。

「いらっしゃいませ」

愛想のいい笑顔が、繭子を見て一瞬強ばった。

「どうしたん？　靴《たた》を磨いてほしいんやけど」

水月が微笑みを湛えながらそう言うと、平太は気を取り直したように表情を戻した。

「靴磨きですね。こちらへ足をどうぞ」

　平太が指し示した台の上に、水月が足を乗せる。平太は水月のズボンの裾を折り返し、刷毛《はけ》を手に取ると、靴の埃を払い始めた。

　繭子は傍らで少年の手際を眺めた。彼の手つきは丁寧だ。

　靴から埃を取り除くと、平太は靴クリームの瓶を手に取り、蓋《ふた》を開けた。ツンと鼻をつく油の匂いが漂う。髪を切られた時に嗅いだ残り香と同じだ。繭子の腕の中で、仙利も鼻をひくひくさせている。水月は黙ったまま、平太が靴を磨き終わるのを待っている。

「できましたよ。今度は反対側の靴を磨きますね。台の上にどうぞ」

　水月は片足を地面に下ろすと、平太に声をかけた。

「おおきに。もうええよ」

「えっ？　まだ半分しか終わっていませんよ」

　驚いた平太に、水月は真面目な表情で続けた。

「腕、痛そうやし」

　そう言うが早いか、平太の右手首を掴み、ぐいと袖をまくった。平太の腕には、長い引っかき傷が付いている。

「な、何しはるんですか！」

水月の手を振り払い、平太は腕を隠すように袖を下ろした。

「それ、猫にやられた傷やろ？　――『髪切』」

平太が立ち上がった。水月を突き飛ばし、その場から逃げようとする。けれど、妹がそばにいないことに気が付いて、

「チカ！　どこにいる？　チカ！」

と名前を呼んだ。

「平太兄ちゃん。ここ！」

道の向こう側で次の客を探していたチカが大きく腕を振る。平太はチカのもとへ走ろうとして、水月に阻まれた。

「逃げんといてくれる？」

「あんた、何者や！　俺を捕まえるつもりか？　俺は髪を切っただけや！　人を殺したわけでも、傷つけたわけでもない！」

「やっぱり君が『髪切』なんやね」

平太が靴磨きの道具を投げつけてくる。水月は身軽によけ、暴れる平太を捕まえた。繭子は、はらはらしながらその様子を見つめた。

「話を聞かせてほしいだけやし、おとなしゅうして」

水月がなだめるものの、平太は水月の腕にシャツの上から噛みついた。

「……っ！」

水月の眉が寄る。

「平太兄ちゃん！」

チカの大きな声が聞こえた。平太がいじめられているとでも思ったのか、必死の顔で駆けつけようとしたチカは、三條通を走ってきた自動車の前に飛び出した。

「危ないっ！」

藺子は後先も考えず駆けだし、チカに向かって両手を伸ばした。

「藺子ちゃん！」

水月が平太を離して振り返り、足を踏み出したが出遅れる。

藺子はチカの体を抱くと、そのまま道の端へ跳んだ。肩から地面に倒れる。

「うっ！」

強《したた》かに打ち付け、呻《うめ》き声が漏れた。藺子の脳裏にチカの声が響いた。

『兄ちゃん……兄ちゃん……怖い、怖いよ……！』

藺子は身を起こし、大声を上げて泣くチカを抱きしめた。

「大丈夫、もう大丈夫だから……」と何度も言い聞かせ、背中を撫でる。

「チカっ！」

平太が血相を変えて駆け寄ってきた。自動車から降り「車の前に飛び出すな！」と怒鳴っている運転手に、水月が「申し訳ありません」と声をかけている。

平太にチカを渡し、ほっとしていると、

「繭子、怪我はないか？」

と、仙利の声が聞こえた。振り向くと、仙利が繭子を見上げて心配そうな顔をしている。

「仙利さん」

「無茶をする」

「だって、危なかったから……」

チカが無事でよかったと笑う繭子を見て、仙利が「やれやれ」と息をついた。

「とにかく、二人とも無事で何よりじゃった」

自動車が走り去る音が聞こえた。水月が繭子たちのもとへ駆け寄ってくる。

「妹に怪我はない？」

水月の問いかけに、チカを抱きしめていた平太は、

「大丈夫です。この人のおかげで……」

繭子に目を向けながら答えた。警戒は解いていないものの、反抗的な態度は収まっている。

「話を聞かせてほしいから、君たち、うちに来よし」

　水月に命じられ、平太は観念したように頷いた。

　壱村邸に連れてこられた平太とチカは、座敷の座布団の上にしょんぼりと腰を下ろした。平太は力なく俯き、そんな兄の顔を、隣にくっついたチカが不安そうに見上げている。

　繭子は二人の前に、お茶と帰り道で購入した団子を置いた。「よかったら食べてね」と声をかける。

「平太君……でいいんかな？」

　水月があらためて名前を確認すると、平太はこくりと頷いた。

「君は、ここにいる繭子ちゃんの髪を切った。間違いあらへん？」

「なんで俺やってわかったんですか？」

　平太が水月を見つめ問いかけた。

「髪切り魔は、切った髪をどうしたんやろうって疑問に思ってん。何人も襲ってるわけやから、手元にたくさん溜まってるはずや。収集癖があるんか、そうでないなら、なぜ襲ってまで髪を切るのか。もしかしたら、売るために切ってるんやないかって考えた。ほんで、床屋や鬘屋《かつらや》を回って、最近、女性の髪を売りに来た者がいないか尋ねてみたら、『姉の髪やって言うて、売りに来た少年がいるで』って教えてくれた店があってん」

淡々と話す水月の言葉を聞いて、平太の視線が下がる。唇を噛んで床を見つめる少年に、水月は続けた。

「その店の主人はこうも言った。『同じ少年が何度も髪を売りに来るから、おかしいなと思って、姉さんは何人いるんだい？　って尋ねたら、顔を強ばらせてた』って。三條通で靴磨きをしている君があやしいと思ったのは、繭子ちゃんの髪に独特な油の匂いが残ってたからや。あれは靴クリームの匂いやね。仙利から、野良猫に餌を与えている兄妹がいて、その兄の手はいつも黒く汚れていて鼻をつく匂いがするって聞いて、確信した。京都で街頭の靴磨きをしている商売人は他に見かけたことがないし、髪屋の主人が話してくれた、髪を売りに来た少年の外見と君の外見も似ていたしね」

しばらくの間、平太は黙っていたが、小さな声で「そうです」と答えた。

「お金が欲しかったんです。靴磨きは稼げる商売やって聞いて始めてみたけど、実際に靴を磨かせてくれる人はそんなにいなくて、雨が降ると何もできひんし、稼ぎが少なくて……。チカに腹一杯食べさせてやりたかった」

「そやし、気配を消して髪を切ることのできる、『髪切』の能力を使ったんやね」

「あなたは何を知ってるんですか？」

　奇妙な者を見る目で、平太が水月を見つめる。

「かつてこの国には、人知を超えた能力を持つ、モノノケという生き物が存在してて
ん。モノノケは時に人間と婚姻《こんいん》し、子孫を残した。現代にもモノノケの血を引く
者は残っていて、中には先祖返りをして能力を発揮する者もいる」

　静かな声で説明する水月の言葉を、平太は真剣な表情で聞いている。

「君は『髪切』というモノノケの子孫やと思う」

「俺がモノノケ？　そうか。俺はやっぱり化け物やったんや……」

　俯いた平太が震えているのを見て、繭子は思わず声をかけた。

「私もモノノケの子孫なの。水月さんはモノノケの子孫たちの頭領。私たちはあな
たの仲間だから、困っているのなら力になりたい！」

　顔を上げ、平太が繭子を見つめる。

「俺の力に……？」

　繭子は力強く頷いた。

「悩みがあるなら話してほしい」

　平太はしばらくの間、二人を疑うように黙っていたが、繭子のまっすぐな視線に
心が解けたのか、ぽつりぽつりと話し始めた。

っていう能力なのかはわからないけど、俺には変な力があって――」

平太が右手を上げる。目を瞑り集中すると、手首から先が包丁のような形に変わった。

「こんなふうに、手を刃物に変えることができるんです」

「いつからできるようになったん？」

「一年前に親が死んで、チカと二人きりになってからです。……なんで突然こんな体になったのかわからない。気持ち悪いですよね……」

平太が膝の上で左手をぎゅっと握りしめる。

「兄ちゃん……」

泣きだしそうな平太を心配し、チカも涙目で兄の腕にしがみついた。

水月が腕を組み「なるほど」とつぶやく。

「親を亡くして不安定な精神状態になったために、モノノケの子孫としての能力が目覚めたってところかな」

「もしかして、チカにもこんな能力が眠っているんですか？」

「チカちゃんは今のところモノノケの能力が発現してへんみたいやし、今後どうなるかはわからへん。でも先祖返りする者は稀《まれ》やから、この先も能力が現れへん可能性のほうが高いと思う」

　水月の説明に平太の表情がほっと和らぐ。

「チカまで俺みたいになったら嫌だ。チカには普通でいてほしい」

　つらそうな表情でチカを心配する平太を見て、繭子は、この一年、平太が自分の変化に苦悩してきたことを察した。

「俺、警察に捕まるんですか……？」

　そうなったら困るのだと、身を乗り出した平太の肩を、水月が優しく叩く。

「髪を切っただけで人を傷つけたわけやないし、大丈夫や。これからは、その能力を使って他人の髪を切ったらあかんで」

「でも、俺はチカを養わないと……！　少しでもお金が必要なんです！」

　水月に言い聞かせられたものの、必死に訴《うった》える平太を見て、繭子の胸が苦しくなった。

「水月さん、なんとか平太君の力になれないでしょうか。このまま放っておけません！」

　繭子の訴えを聞いて、水月も弱ったように考え込む。

「確かに、それはそうやね。同じことをしぃひんように、二人の生活水準を上げへんとあかんし、モノノケの力を制御する術《すべ》を身に付ける必要もある……」

「甚五郎に相談してみてはどうじゃろう？」

黙って話に耳を傾けていた仙利が口を開いた。猫がいきなり喋りだしたので、平太がぎょっとし、チカは目を丸くした。

「猫ちゃんがお話しした！」

興奮したチカに尻尾を摑まれた仙利が、

「痛い痛い！　何をする！」

と、叫ぶ。

「甚五郎さんに？　あの方なら、なんとかしてくださいますか？」

藺子は期待を込めて仙利に尋ねた。仙利が「藺子、助けんか！」と訴えたので、チカの手から取り上げ、「優しく撫でてあげてね」と言い聞かせる。

「甚五郎は懐の深い男じゃからな」

ぼさぼさになった尻尾を舐める仙利に目を向け、水月が苦い笑みを浮かべる。

「甚五郎さんに頼ってばかりで申し訳ないけど、それが一番いいやろうね。――俺はほんまに情けない頭領やで」

ぼそりとつぶやかれた水月の自嘲《じちょう》の言葉は、

「よかったね、平太君！　なんとかなりそうだよ！」

弾んだ声で平太に話しかけていた藺子には聞こえなかった。

「平太君、元気でやっているでしょうか」

主人の部屋にお茶と寒天《かんてん》を運んだ繭子は、万年筆を置いた水月に尋ねた。

「元気なんとちゃうかな。今度、様子を見に行ってみる?」

「はい!　ぜひ!」

＊

今、平太とチカは、甚五郎の屋敷で世話になっている。

水月から、身寄りのない兄妹について相談を受けた甚五郎は、「平太君は先見の明のある子や」といたく感心し、鷹松銀行の店内に、平太が靴磨きができる場所を作ってくれた。平太は銀行を訪れる客相手に天候に関係なく商売ができる上、常設の靴磨きができたことで、鷹松銀行も話題になった。

チカは「おじいちゃん」と言って甚五郎に懐いているらしく、甚五郎も孫娘のように可愛がっている。

「そういや、甚五郎さんに教えてもらったんやけど、多坂では梅多《うめだ》駅などに数ヶ所、街頭靴磨きを行っている場所があって人気なんやって。クリーム瓶一つで三十足は磨けるらしいし、かかるのは場所代ぐらいやないかって話やったわ。元手が少なく始められる商売に目を付けた平太君は賢いね。平太君が大成したらええなって思うわ」

水月の話を聞きながら、藺子はふと、髪を切られた時に聞こえた平太の心の声を思い出した。

『切りたい、切りたい、切りたい』

モノノケの本能に振り回されながらも、チカのことを想っていた平太が、これからは平穏な生活を送れるようにと願う。

（甚五郎さんから、モノノケの能力を制御する方法を学んでいるって聞いたし、平太君は大丈夫。今後も、あの子が悩むようなことがあったら力になってあげたい）

母の言葉が蘇る。

『藺子。困っている人がいたら、助けてあげてね。私たちも、いろんな方から助けていただいたでしょう？』

「うん、そうだね、お母さん」

小さな声で、この世にはいない母に語りかける。

藺子のひとりごとが聞こえていたはずだが、のんびりと匙《さじ》で寒天を口に運んでいる水月は何も言わなかった。

「今日のおやつもおいしかった」

「ごちそうさま」と両手を合わせた水月に、藺子は「お粗末様《そまつさま》でした」と笑いかけた。茹《ゆ》で小豆《あずき》を閉じ込めた小豆寒天は、水月の口に合ったようだと嬉しくなる。

お茶のおかわりを注いでいる繭子に、水月が問いかけた。

「繭子ちゃん、本当にリボンを返してもらわなくてよかったん？」

繭子は水月が贈ってくれた、美しい繻子のリボンを思い出した。平太はリボンを盗ったことを謝り、一旦はチカに渡したものを繭子に返そうとしたのだが、繭子は断った。大好きな兄が髪に結んでくれたリボンを、チカは大層気に入っていたから。

「いいんです」

繭子がにこっと笑うと、水月が優しく目を細めた。

「君はそう言うと思った」

そして、文机の引き出しを開けると、中から赤色の布を取り出した。

「後ろを向いて」

「……？」

何だろうと思いながら、繭子は素直に後ろを向いた。水月の冷たい指が、繭子の耳に当たる。くすぐったくて身じろぎしたが、水月に、

「動いたらあかんで」

と言われ、我慢した。

藺子の短い髪が、両耳の上から掻き上げられる。しばらくして、

『うまく結べたかな』

水月の心の声が聞こえた。同時に「できたで」と声をかけられる。

後頭部に手を伸ばすと、ふんわりとした布が結ばれていた。

(これって、リボン……?)

「藺子ちゃんには、やっぱり赤色が似合うね」

振り返ると、水月が笑っていた。その笑顔に、藺子の心臓が、なぜだか一瞬とくんと鳴った。

第三章

「今朝もありがとうございます。寒二郎《かんじろう》さん」

繭子《まゆこ》は『星林文庫《せいりんぶんこ》』の前で氷売りの寒二郎にお礼を言った。

「こちらこそ、いつもおおきに。頭領によろしく」

頬《ほお》にそばかすのある青年が人懐こく笑う。彼は雪女の子孫で、以前、水月《すいげつ》にお世話になったことがあるらしい。繭子は毎朝彼から、氷冷蔵庫用の氷を購入していた。

氷を載せた荷車を引いて去っていく寒二郎を、手を振りながら見送る。

京都には様々なモノノケの子孫が住んでいる。能力を持つ者もいれば持たない者もいるが、寒二郎は寒さ冷たさに強いのだと聞いた。

(氷売りって、寒二郎さんには天職なのかも)

モノノケの能力は裏を返せば特技でもある。寒二郎のように能力とうまく付き合っていければ、生きやすくもなるだろう。

いつものように朝ご飯を作り、水月と一緒に食べた後、彼は一人で出かけていき、繭子は『星林文庫』を開けた。

掃除をしたり貸出帳の確認をしたりして仕事が一段落付くと、繭子は帳場《ちようば》机の下から『蛍火《ほたるび》』の既刊を取り出した。ぱらぱらとめくり、水月の小説が掲載された頁で手を止める。繭子は店に客がいない時を見計らって、こっそりと水月の恋愛小説を愛読していた。

夢中になって読んでいると、

「水月、いる？」

と、朗《ほが》らかな声が聞こえた。いつの間にか『星林文庫』の入り口に学生服姿の青年が立っていた。水月よりも二、三歳ほど年齢が若く、やや垂れた目元が甘い雰囲気の二枚目だ。

「あれ？　めずらしい。女の子だ」

彼は繭子を見つけて人好きのする笑みを浮かべた。印象の良い青年だが、その髪は真っ白。「まるで老人のようだ」とびっくりしたが、表情を変えるのは失礼だと思い、繭子は愛想のいい声で「いらっしゃいませ」と挨拶《あいさつ》をした。青年が軽やかな足取りで店内に入ってくる。

「やあ、君は誰かな？　僕は秋保《あきほ》雪成《ゆきなり》だ」

青年――雪成は学帽を取って胸に当て、繭子に向かって紳士的な礼をした。

「見たところ、君はこの店で働いているようだけど、水月に雇われているのかい？」

「木ノ下《きのした》繭子です」

丁寧《ていねい》な挨拶を受けたので、繭子も名乗り、

「私はこの家の女中で、『星林文庫』の店番もしています」

と、答える。雪成が「へえ」と目を丸くした後、繭子に興味を持ったように身を乗り出した。

「狐の姐さんや飛縁魔《ひのえんま》の姐さんに言い寄られても、ちっともなびかない水月が女の子を雇うとはね。繭子ちゃんか。小さくて愛らしいなぁ」

「ええと……あの……？」

いきなりの褒《ほ》め言葉にどう反応していいのかわからず、狼狽《うろた》えている繭子を見て、雪成が面白そうに笑う。

「赤くなった」

（この方は一体……？）

困っていると、板間《いたのま》で丸くなっていた仙利《せんり》が顔を上げた。雪成に向かって抗議をするように「ニヤア」と鳴く。

「藺子にちょっかいを出すでない」

普段、貸本の客の前では絶対に人間の言葉を発しない仙利が、雪成に話しかけたので、藺子は焦《あせ》った。

「仙利さんっ」

慌てて抱き上げ、口を押さえる。雪成に向かって「今の声は気のせいですよ」と言うように、誤魔化《ごまか》し笑いを浮かべる。

雪成は驚いた様子もなく、仙利に手を伸ばし頭を撫《な》でた。

「やあ、仙利。久しぶり」

人間の言葉を喋《しゃべ》る猫を前にしても平然としている雪成にびっくりし、藺子は、

「仙利さんのことを知っているのですか？」

と、尋ねた。雪成が「うん」と頷く。

「猫又《ねこまた》のモノノケだろ？　君も知ってるんだね。水月から聞いたの？　……というか、あの水月が普通の子をそばに置いておくわけがないだろうから、君もわけありとみた」

雪成が唇の端を上げ、心の中を見透かすように藺子を見つめる。

彼は水月の知人のようだが、ただ者ではなさそうだ。正体の知れない雪成を警戒する藺子に、彼は肩をすくめてみせた。

「そんなに睨《にら》まなくてもいいよ。僕は別にあやしいものじゃない。ちょっとした……貘《ばく》の子孫ってだけで」

「貘の……子孫？　もしかして、あなたもモノノケの子孫なのですか……？」

貘は確か、中国から来たという悪夢を食べる幻獣だ。象の鼻、犀《さい》の目、牛の尾、虎の足、熊の体を持つ架空の獣《けもの》だったはず。怖い夢を見た時は『見しゆめをばくのえじきとなすからに心もはれしあけぼののそら』とおまじないを唱えれば、貘が夢を食べてくれるのだと、母が教えてくれた。

雪成が、驚いている繭子を見て、面白そうに笑う。

「そうだよ。さて、君の先祖はなんのモノノケなのかな？　『あなたも』って言ったよね」

「それは……」

水月の知り合いで、モノノケの子孫だという雪成なら、自分がサトリの子孫だと正直に話してもいいだろうか？　けれど、繭子が他人の心を読む能力を持つと知ったら、嫌がられるかもしれない。

言い淀《よど》んでいると、雪成が繭子に顔を近付けた。

「隠さなくてもいいだろ？　僕はさぁ、よくわからない子が水月のそばにいると嫌なんだよね。あいつは僕たちの大切な頭領だからさ……」

口元は笑みの形を作っているが、間近から藺子を見つめる雪成の瞳は笑っていない。

「可愛い子ウサギちゃん。ほら、早く正体を言いなよ」

手を顔のほうに伸ばされて、びくっと身を震わせたら、仙利が雪成に飛びかかった。

「ニャッ」

「わあっ！」

雪成が驚いて仙利を捕まえる。

「何するんだ、仙利！」

「冗談がすぎるぞ、雪成。藺子を怖がらせるな」

「冗談……？」

仙利に怒られ、雪成は苦笑している。藺子の視線に気が付き、申し訳なさそうな顔をした。

「ごめんよ。ちょっとからかってみただけ」

軽い口調で謝る雪成を見て、藺子は「嘘だ」と思った。先ほどの雪成の瞳には、本気の光があった。彼にとって、水月が大切な存在だというのは本当なのだろう。

藺子は姿勢を正すと、真面目な顔で雪成に向き合った。雪成が「おっ？」と目を瞬《しばたた》かせる。

「自己紹介が中途半端で申し訳ありませんでした。私はサトリの子孫。相手の体に触れると心を読むことができます。志賀《しが》から一人で京都に出てきて、行くあてがなく困っていたところを、水月さんに助けていただきました」

正直に話した繭子に、雪成が優しいまなざしを向ける。

「そうか。やっぱり君も僕たちの仲間で、水月に助けられたクチなんだね」

「はい。もしかして、秋保さんもですか？」

「雪成でいいよ。僕は獏だから、人の悪夢を食べる能力がある。そして、食べた悪夢で消化不良を起こすんだ」

「お腹を壊すってことですか？」

心配顔になった繭子に、雪成は情けない表情を浮かべ、肩をすくめた。

「お腹が張《は》って、ピリピリしたり、しくしくしたりする感じかな。夢は食べものじゃないから、排泄《はいせつ》もできないし……。だから、定期的に吐き出してる」

「吐き出すって、どのようにするのですか？」

嘔吐《おうと》するのだろうかと、ますます心配になる。

「水月に話を聞いてもらうんだよ。僕は話すことによって夢を『放す』――お腹に溜まった悪夢を消してるんだ」

「そうなのですね……」

わかったようでわからない感じだが、繭子は神妙《しんみょう》な顔で頷いた。

「それなら、今日は水月さんにお話をするためにいらっしゃったのですか？」

「今日はたまたま近くを通りがかったから寄っただけ。水月がいないなら帰るよ」

雪成はひらりと手を振り、「じゃあね」と言って『星林文庫』を出ていった。

「モノノケの子孫にも、いろんな方がいらっしゃるなぁ……」

繭子の隣に座り直した仙利が耳をぴくぴくと動かし、しみじみとした繭子のつぶやきを聞いていた。

＊

雪成の訪問から五日後。美倭湖《びわこ》から水を引くため、明治時代に造られたという疎《そ》水《すい》に架かる橋の上で、繭子は周囲をきょろきょろと見回した。

今日は水月とともに『皇太子殿下御成婚記念大博覧会』にやって来た。皇太子殿下のご結婚を記念する奉祝《ほうしゅく》の博覧会で、開催期間は二ヶ月という長さだそうだ。今日の目的は、画家の緒方紺《おがたこん》に会い、話を聞くことだった。

水月と肩を並べて橋を渡るとアーチ状の門が建っていて、『皇太子殿下御成婚記念大博覧会』と書かれた横断幕が掛かっていた。わくわくした気持ちで横断幕を潜《くぐ》り、総合案内所で会場案内図を受け取る。会場内に入ると、広大な敷地のあちこちに、凝った建築物が見えた。

案内図を手に歩きながら、水月が「あっちは機械館やね。最新鋭の機械や、陸海軍の飛行機などが展示されてるみたいや」「そっちは文化館。電気や瓦斯《がす》を応用した家庭器械や器具なんかが展示されたり実況されたりしてるみたいやね」と教えてくれる。

「水月さん、あの建物はなんですか？」

繭子が洋風式の建物を指差し尋ねると、水月は、

「泰湾館《たいわんかん》やね」

と答えた。

泰湾といえば、先の時代に勃発《ぼっぱつ》した戦争で勝利した日本が、植民地として統治している島だ。どうやら植民地を紹介する展示会場らしい。

「行ってみる？」

「いいのですか？」

「緒方さんとの約束の時間まで余裕があるから、少しぐらい遊んでも大丈夫」

水月の言葉に、繭子は「行きたいです」と目を輝かせた。勢いよく頷いた繭子の後頭部で赤い布が揺れる。水月が木綿《もめん》の端布で作ってくれたリボンだ。以前贈られ

た繻子《しゅす》のリボンよりも幅が広く、ちょうちょ結びをすると羽が開いたように見えるのが、繭子はとても気に入っていた。

泰湾館のそばまで行くと、旗袍《チーパオ》を着た少女が二人の姿に気が付き、近付いてきた。

「コンニチハ。ダンナサマ、オジョウサマ」

泰湾から来た少女なのだろうか。たどたどしい言葉遣いで挨拶をされたので、繭子も頭を下げ、「こんにちは」と返した。

「オジョウサマ、コレヲドウゾ」

ちらしを差し出されたので、思わず受け取ると『泰湾館　烏龍茶進呈券』と書かれている。

「からすりゅうちゃ……？」

ちらしを見て首を傾げている繭子の手元を水月が覗《のぞ》き込む。

「ああ、これはウーロンチャって読むねん。泰湾で飲まれてるお茶やね」

「へえ……泰湾のお茶……」

「進呈って書いてあるし、中でもらえるのかもね。入ってみよか」

「はい」

目を輝かせて、こくこくと頷く繭子を、水月が「ほな行こか」と優しく促《うなが》した。

二人は肩を並べ、泰湾館に入った。

すると、いきなり目の前に竹のような植物が植えられた畑が現れ、驚いた。

「部屋の中に畑がありますよ！　どうして？」

興奮している繭子に、水月が、

「こっちに説明書きの立て札がある。ええと、甘蔗《かんしょ》を植えた人工の畑……やって。甘蔗って、砂糖の原料になる植物やね。見て。あっちに製糖の工程がわかるような展示がしてある」

と、指を差す。

他の見物客も、興味深そうに甘蔗畑と砂糖塔を眺めている。

砂糖塔の左側には木工品や竹細工、網代《あじろ》細工などが陳列されている。反対側には皮革製品や装身具、麻製品など様々な特産品が見受けられた。

すうっとした良い香りが館内に漂っているのは、樟脳《しょうのう》を積み上げて造られた塔によるもののようだ。

他にも様々な品が並べられていて、見ていて飽きない。

二人で会場内を回っていると、友人同士で遊びに来たのか、女学生らしき少女たちが水月の姿に気付き、顔を寄せ合ってきゃあきゃあと騒いだ。「素敵な方」という声が聞こえてきて、繭子はもやっとした。

水月のそばにいる自分は、一体どう見られているのだろう。

(妹……とか？　それにしては似ていないし)

主人にお供する使用人の少女、というのが妥当《だとう》なところか。実際にそうなのだし。

「繭子ちゃん？　どうしたん？」

ぼんやりしていると、水月に呼ばれた。

「あっ、なんでもありません」

「そう？　先に進むで」

繭子を促して歩きだした水月に肩を並べる。

ちらりと女学生たちに目を向けたら、羨《うらや》ましそうな顔で繭子を見ていた。使用人だとしても、今の水月の連れは自分なのだ。繭子は、ほんの少し優越感を抱いた。

付属の売店を冷やかした後、会場を出る。隣接している別館には食堂が入っていて、泰湾料理が提供されていた。何やら黄色いものを手にして食べている人がいて、繭子が「あれはなんだろう」と眺めていたら、繭子の視線の先に気が付いたのか、水月が、

「あれはバナナっていう果物やで」

と教えてくれた。

「あちらの名物やから売ってはるんやろ。甘くておいしいねん。繭子ちゃん、食べてみる？」

異国の果物など高いのではないだろうか。「いいです」と両手を振ったが、水月は「買《こ》うてくるわ」と言って歩いていってしまった。

百貨店の時のようにおねだりをしてしまった形になり、繭子は「私の馬鹿！」と内心で反省した。最近の自分は水月に甘えすぎだ。

しばらくして、二本のバナナを持った水月が戻ってきた。

「はい、繭子ちゃんの分」

にこにこと差し出され、せっかく買ってきてくれたものを断るのは失礼だと、繭子は素直に受け取った。

皮が付いているので、このまま食べるわけではないだろう。どうやって剝《む》けばいいのかと悩んでいたら、水月が「こうやって剝くねん」と、縦に皮をめくってみせた。

思っていたより簡単に剝けるようだ。繭子も同じようにバナナの皮をめくる。白い実に水月が齧《かじ》り付いたので、真似をしてぱくりと食べると、柔らかくてねちっとした食感だった。まろやかで優しい甘みが口の中に広がる。

「私、バナナって初めて食べました。生まれてから今までで、一番おいしい食べものかも！」

目を輝かせる繭子を見て、水月が笑う。

「繭子ちゃんがそんなに感動してくれるんやったら、買うた甲斐《かい》があるわ。他にも何か食べたいものがあれば、どんどん言うてな」

片目を瞑《つむ》ってみせた水月を、繭子は不思議な気持ちで見つめる。

（水月さんは、どうしてこんなに私に優しくしてくれるんだろう）

行き場のない繭子を拾い、雇ってくれた。主人と女中という関係以上に、彼は繭子に心を砕《くだ》いてくれているように感じる。

小説のモデルになってほしいと言っていた。けれど、自分は具体的に何かしているわけではないし、モデル役という点では役に立っていないと思う。

繭子がモノノケの子孫だから、水月は頭領として気遣《きづか》ってくれているのだろうか。

（……甘えそうになってしまう）

甘やかされることを覚えてしまったら、「しっかりしないと」と張り続けていた気持ちが緩《ゆる》み、きっと一人では生きていけなくなる。

繭子が京都に出てきたのは、父を捜すため。父が見つかった後、共に暮らすようになるのかどうかはわからないが、少なくとも水月の家は出ることになるだろう。

必ず別れは来るのだから、彼に寄りかかってはいけない。

藺子はあらためて、自分にそう言い聞かせた。

「藺子ちゃん、どうしたん？」

黙り込んだ藺子を心配したのか、水月が顔を覗き込んだ。

その近さに驚いて、身をのけぞらせる。すると、背中が誰かにぶつかった。慌てて振り向き「ごめんなさい！」と謝る。

「ダイジョウブ」

後ろにいたのは、先程とはまた違う泰湾人の少女だった。手に籠《かご》を提《さ》げている。

少女は藺子が胸元に挟んでいたちらしに気が付いたのか、「ソレ」と指を差してにこりと笑った。

「プレゼント、コウカン」と言いながら、ちらしと籠の中を交互に指差した。きょとんとしている藺子に、水月が少女の言葉を補足してくれる。

「そのちらしと引き換えに、烏龍茶をくれはるみたいや」

藺子は少女にちらしを差し出した。少女がにこっと笑ってちらしを受け取り、代わりに籠の中から出した小さな包みを渡してくれる。

「ウーロンチャデス。カオリヨク、オイシイオチャデス」

藺子が「ありがとうございます」とお礼を言って受け取ると、少女は会釈《えしゃく》をして、次の客のもとへ移動していった。

「烏龍茶って、どんなお茶なんでしょう。飲みやすい味なんでしょうか？　それとも漢方みたいに苦かったり……？」

紐《ひも》が十字にかけられた赤い包みをくるくると回して眺めながら、あれこれと想像を巡らせている繭子に、水月が丁寧に説明をする。

「半発酵茶らしいで。日本茶とはちょっと違う感じやから、人によっては苦手かもしれへんね。家に帰ったら試しに淹《い》れてみよか」

「はい。楽しみです」

繭子は手提げの巾着袋に、烏龍茶の包みをしまった。

バナナの皮を屑籠《くずかご》に捨てると、二人は泰湾館を離れた。

会場の奥に向かって歩いていくと、一際《ひときわ》大きな建物があった。人の出入りが激しい。ポスターがあれこれと掲げられている。

「演芸館や。活動写真の上映や、狂言や花街の舞なんかが披露されてるみたいやね。お客さんたちも楽しそうで気になるなぁ」

水月の言うように、演芸館を出入りしている人々は皆、笑顔を浮かべている。

「ちょっとだけ覗いて行かへん？　まだ時間はあるし」

かなり興味を引かれているようだったので、繭子は「はい」と頷いた。

会場に入ると、舞台ではちょうど花街の舞妓や芸妓が舞を披露していた。艶《あで》やかな様子にうっとりと見とれる。

二曲を踊った後、舞は終了した。観客たちが一斉に動きだし、人波に呑まれてしまった繭子は水月の姿を見失った。

「水月さん、どこですか？」

一生懸命捜すものの、見つからない。人にぶつかるたびに、相手の心の声が聞こえる。皆、楽しい思いをしているので、負の感情は受け取らないものの、繭子にとってはこの場の騒々しさは二倍……いや、それ以上だ。

流されるように会場の外に出る。

ふらふらしながら木陰へ移動し、腰を下ろした。ここから会場入り口に目を向けていれば、水月が外に出てきた時に見つけられるはずだ。

静かな場所で人心地ついていると、薫風《くんぷう》が頬を撫でた。

（優しくて、水月さんが起こす風みたい）

膝を抱えて、頬を乗せる。風が気持ちよくて目を閉じていたら、

「お嬢さん、どうしはったの？　ご気分でも悪いの？」

と、声をかけられた。顔を上げると、心配そうに繭子を覗き込む老婦人の姿があった。

「あっ、大丈夫です！　少し休んでいただけです」

「そう？　ならよいのだけど。座り込んではるから、驚いてしもたわ。あなた、今日はお一人でいらしたの？」

「いいえ。ご主人様を待っています」

「お供で来はったのね。うちも主人と孫を待っているの。演芸館の中ではぐれてしもたのよ。そのうち出てくると思うんやけど、あなたと一緒に待たせてもろてもええ？」

老婦人に尋ねられ、繭子は笑顔で「はい、どうぞ」と答えた。

老婦人は「吉田伊与《よしだいよ》」と名乗った。夫と孫娘と一緒に博覧会を見に来たらしい。繭子も名乗る。

「繭子さんは孫と同じぐらいの年齢やろか？　孫は十六歳なの」

「私も十六歳です」

「やっぱり！　年格好が似てると思ったわ」

伊与が繭子に優しい目を向ける。歳は取っているものの、伊与は細面《ほそおもて》で鼻筋が高く、目元も涼やかなので、若い頃はさぞや美しい人だったのだろうと想像できる。

「ほんまに人が多いこと。孫ははしゃいでいるけれど、うちはおばあちゃんやから付いていくのが大変」

「私も、すごい人でびっくりしました。博覧会って初めて来ましたけど、賑《にぎ》やかで楽しいですね」

「皆、心から、皇太子殿下のご結婚をお祝いしてはるんでしょう。ほんまに、おめでたいことやね」

「そうですね」

藾子は伊与に合わせた。今日の藾子の目的は、緒方紺に会い、父の手がかりを得ることだ。皇太子殿下のご結婚は喜ばしい出来事だが、藾子には父の行方のほうが大切だった。

「藾子ちゃん！」

名前を呼ばれて振り向くと、急いで駆けてくる水月の姿が見えた。

あっという間にそばまで来た水月は、藾子の前に前屈《まえかが》みになり、ほっとした表情を浮かべた。

「見つかってよかった！　途中ではぐれてしもて、どうしようかと思った。かんにん。藾子ちゃんは体が弱いのに、人だかりに連れ込んでしもて」

藾子は立ち上がって、水月に頭を下げた。

「私のほうこそ、迷子になってしまってごめんなさい」

「気が利かへんかった俺が悪い」

「ご主人様のそばを離れた、私のほうが女中失格です」

藺子の言い様を聞いて、水月が複雑な表情を浮かべる。

「俺は君をそんなふうには……」

言い合いをしている二人を見て、伊与が「ふふ」と笑った。

「仲がよろしいこと。合流できはったんやから、それでいいやないですか」

「この方は？」

水月が、藺子の隣に立つ伊与に目を向ける。

「吉田伊与と申します。うちも家族とはぐれてしもて、ここで待っておりました。

藺子さんが一緒にいてくれはって心強かったです」

「お孫さんたちが戻ってくるまで、もう少し一緒にいましょうか？」

心配して藺子はそう提案したが、伊与は微笑みながら断った。

「お気になさらず。あの子たちも、じきに出てくるでしょう」

水月が懐《ふところ》から時計を取り出した。蓋《ふた》を開けて、時間を確認する。

「意外と時間が経ってしもた。そろそろ行かんと、緒方さんとの待ち合わせに遅れる。かんにん、伊与さん。藺子ちゃんと一緒にいてくれはっておおきに」

丁寧に頭を下げた水月に、伊与も会釈を返した。

「ごめんなさい、伊与さん。さようなら」

途中で放るような形になってしまい、申し訳ない気持ちで伊与に謝る。

「お気をつけて」

笑顔で手を振る伊与に手を振り返し、この場を離れる。

紺との待ち合わせ場所は、絵画専門館の日本画展示室だ。目的の建物に向かいながら、水月が繭子に手を合わせた。

「ほんまにかんにん、繭子ちゃん。年甲斐もなく、はしゃいでしもた。サトリの君を人混みの中に連れ込むなんて迂闊《うかつ》やった」

反省している水月に、繭子は「いいえ」と答える。

「博覧会にはしゃいでいたのは、私も同じです。水月さんと一緒に来られて、私は嬉しいです。楽しそうにしている水月さんは……」

「なんだか可愛いです」と言いかけて、慌てて口をつぐんだ。

「俺が、何？」

途中で言いかけてやめた繭子を見て、水月が首を傾げる。

「な、なんでもないです……！」

（大人の男性に向かって可愛いなんて……）

繭子は自分が水月に抱いた感想に頬を赤らめた。繭子が視線を逸らしたので、水月はますます気になったのか、

「中途半端に濁《にご》されたら気になるんやけど」

と、むくれた。繭子の顔を見つめ、寂しそうに笑う。

「なんでも話してくれたらええんやで」

(それは個人的にってこと？　それともモノノケの頭領だから？)

心の中で問いかけたが、繭子はやはり、口には出さなかった。

絵画専門館に着くと、二人はまっすぐに緒方紺との待ち合わせ場所に向かった。

「緒方さんは、ご自身の作品の前で待ってくださっているのですよね」

「そうやね。今回、緒方さんは、椿《つばき》の花と女性を描いた美人画を出品してはるらしい。日本画展示室は二階のはずや。急ごうか」

観客で賑わう一階の西洋画展示室には立ち寄らず、階段を上る。

二階は観客が分散されているのか、それほど混み合ってはいなかった。著名な画家の作品や大作の前にのみ、人だかりができている。

寺院に奉納される予定だという龍虎の屏風絵《びょうぶえ》が、大々的に展示されている部屋を通り抜け、二人はようやく、椿の花を愛でる女性の美人画を見つけた。絵の前に、おっとりとした顔立ちの男性が立っている。歳の頃は二十代後半といったところだろうか。

彼は繭子と水月の気配に気が付くと、こちらを向いて会釈をした。

二人は男性に歩み寄った。

「緒方さんですか？」

水月が声をかけると、男性が頷いた。

「はじめまして。緒方紺と申します」

「壱村《いちむら》水月です」

繭子も丁寧に頭を下げ、

「はじめまして。木ノ下繭子です」

と、名乗る。

「よろしく、繭子さん」

紺がふわりと微笑む。癒やされるような笑みに、繭子は一瞬で紺に親しみを感じた。

「お父君の行方を捜しておられるとか」

「はい。緒方さんが父のことをご存じだと鷹松甚五郎《たかまつじんごろう》さんから伺いまして、ぜひお話を聞かせてもらえたらと、紹介していただきました」

繭子の事情は既に甚五郎から聞いていたのか、紺は頷いた。

「鷹松さんには、日頃から大変お世話になっています。僕にできることでしたら、なんでも致しましょう。あなたにも一度お会いしてみたかった。頭領」

笑みを向けられた水月が、ハッとしたように紺を見返した。

「甚五郎さんにお世話に……もしかしてあなたは――」

「ふふ、その話は後で。まずは、繭子さんのお父君の件です」

紺は思わせぶりに笑った後、繭子に真面目な表情を向けた。繭子は期待と不安の入り交じった気持ちで、紺を見つめた。紺がゆっくりと口を開く。

「知っているというほどのことではないのですが――二十年程前、浅草の凌雲閣《りょううんかく》で、僕は一人の青年と出会いました。震災で壊れてしまったあの塔も、当時はまだ観光地として人気でね、たくさんの人が来ていたのを覚えている。彼は塔の上で熱心に写生をしていました。僕はその頃も画家をしていたので、興味を引かれて彼に声をかけたのです」

繭子は首を傾げた。

紺の年齢から察するに、二十年程前は、小さな子供だったのではないだろうか。画家だったというのはどういう意味なのだろう。

疑問を抱いたが、話の腰を折らないよう、紺の言葉に耳を傾ける。

「風景を描いているのかと思って近付くと、彼は見物客の絵を描いていました。景色を楽しむご婦人や、高いところを怖がって泣く子供、なだめる母親、笑顔の父親、塔を下りたらどこへ行こうかと相談している青年たち——まるで彼らの会話が聞こえてくるような、真に迫った絵ではありましたが……違和感がありました」

「違和感？」

「彼の描く人々は皆、楽しそうに笑みを浮かべていたけれど、心の中では他のことを考えているような印象を受けました。僕は彼に『これはどういう絵なんだい？』と聞きました。すると彼は僕のほうをちらりと見て、『人は表に見せている顔と、裏の顔が違うことがあるんだ。これはそういう絵だよ』と答えました」

「裏表の顔……」

藺子の隣で、水月がぽつりとつぶやいた。

「彼に名前を聞くと、『木ノ下悟《さとる》』と名乗りました。『君は著名な画家なのか？』と尋ねたら、彼は『著名ではないが、絵を売りながら各地を転々としている』と答えました。すぐに僕の前から去りましたが、彼ほどの絵描きなら、またどこかで出会う機会もあるだろうと、その時は楽観的に考えました。結局、彼と再会することはありませんでしたけれどね。——ところが、五年前に開催された京都美術展覧会に出品された作品の中に、彼の絵と雰囲気の似た作品があったのです」

「それも、人間の裏表を描いた絵やったんですか？」

水月が尋ねると、紺は曖昧《あいまい》に微笑んだ。

「僕にはそう見えました。僕が木ノ下さんの絵と似ていると感じた作品は『龍と神子《みこ》』という題名でした。龍神に舞を捧げる神子の絵で、それはもう美しかった。けれど、京展の審査員からは散々な評価を受けていました。『神性を表したいのか、情念を表したいのか、神子の表情が中途半端』と、まあひどい言い様でして。作者が画塾に入っていなかったのも、不利に働いたのでしょうね」

紺は、その絵が評価されなかったことを嘆《なげ》くように溜め息をついた。

「その作品を描いた画家の名前は……父、木ノ下悟でしたか？」

繭子は緊張で高鳴る胸を押さえながら確認した。紺が首を横に振る。

「『空川隼爾《そらかわじゅんじ》』という雅号でした。私は空川氏にお会いしたことはないのですが、まだお若いと聞いています。木ノ下さんとは別人でしょう。空川氏の作品は、その前年の京展にも出品されていたそうなのですが、生憎《あいにく》、僕はそちらの絵は覚えていなくて……。展覧会の評価は低かったのですが、僕はあの絵の中途半端さというのは、それこそ人間の揺れ動く感情を表しているようで好感が持てたのですよね。一定の層には響いたのか、彼の作品は京展後、画商を通して高値で取引されるようになったとか」

一旦言葉を句切ると、紺は考え込むように続けた。

「僕は、木ノ下さんの絵は写生しか見たことがありません。でも、木ノ下さんの絵と空川氏の作品は似ているように思えて仕方がないのです。もしかすると空川氏は、木ノ下さんに師事したことがあるのかもしれません」

「空川さんに会って、直接確認するか……」

水月のひとりごとを聞いた紺が、難しい顔をする。

「彼は人嫌いだとの噂です」

「緒方さんの伝手《つて》を頼って、お約束を取ってもらうことはできませんか？」

藹子が縋《すが》るように尋ねると、紺が提案をした。

「空川氏の絵画を取り扱っている画廊なら知っていますから、そちらを紹介することはできますよ。僕が直接、空川氏と知り合いだったらよかったのですが……すみません」

謝罪する紺に、藹子は「いいえ」と言って、丁寧に頭を下げた。

「ありがとうございます、緒方さん。貴重な手がかりをくださって。父と空川隼爾先生に、何か関係がありそうだということがわかってよかったです。私、絶対に父を見つけます」

「頑張って」

「緒方さん、すみません。今度は俺があなたのことを聞いてもいいやろか？」

水月に声をかけられ、紺が頷いた。

「さっき言いかけた話ですね。僕と鷹松さんの関係について」

内緒話をするように、声をひそめる。

「僕は八百比丘尼《やおびくに》です。こう見えても、四百七十歳を超えています」

「よ、四百七十？　八百比丘尼って……」

戸惑う繭子の横で、水月が落ち着いた口調で「なるほど」とつぶやく。

「緒方さんは、かつて人魚の肉を食べた経験があり、それによって不老不死になった――ということですね」

「えっ！　人魚の肉？」

目を丸くした繭子に、紺が悪戯《いたずら》っぽい視線を向け、唇に指を当てて「しーっ」と言った。

「他の人には秘密にしてくださいね。鷹松さんから、あなた方がモノノケの子孫だと伺ったので、教えたのですから。僕はもともと普通の人間です。とある出来事で、食べると不老不死になるという人魚の肉を口にしてしまい、人とモノノケの狭《はざ》間《ま》に位置する、とてもややこしい存在になってしまったのです」

苦笑する紺に、水月が同情のまなざしを向ける。

「確かに、あなたの立場は危うい」

水月は何もかもわかっている様子だが、紺が危うい立場というのは、どういうことなのだろう。

もの問いたげな繭子の視線に気が付いた水月が、真面目な声で尋ねた。

「いつまでも老いず、死なない人間がそばにいたら、繭子ちゃんはどう思う？」

「おかしいな……って思います」

繭子の答えに、水月は皮肉げな笑みを浮かべた。

「多くの人が抱くのはそんな優しい感情やないよ。気味の悪い化け物として迫害《はくがい》するやろうね。異端者として、殺そうとするかもしれへん。もしくは捕らえて、不老不死の秘密を探ろうと、血を抜いたり、切り刻んだり、肉を食べようとしたりするかも」

「えっ……」

水月が口にした恐ろしい譬《たと》えに、繭子は震えた。怖がらせるようなことを言う水月を、紺が止める。

「幸運にも、僕はそんなふうにひどい目には遭っていません。安心してください」

にこりと笑った紺を見て繭子はほっとしたが、彼が生半可な人生を歩んできていないことは想像できた。

「ただ……迫害はされましたね。人間の世界にはいられないし、かといってモノノケの世界にも入れない。僕は彼らの仲間を食べた罪人。人でもモノノケでもない、モノノケの子孫ですらない、中途半端な生き物だ」

紺は一旦言葉を切って俯き、話を再開した。

「長い間一人ぼっちだった僕を気遣ってくれたのが鷹松さんでした。『そなたは仲間だ。困ったことがあれば、なんでも相談してくれたらええ』って言ってくださいましてね。その言葉は、神からの救いの言葉のように感じました。僕は彼のおかげで、ようやく一人ではなくなったのです」

紺の孤独を想像し、繭子の胸が痛くなる。

「まだ人間だった頃、僕は漁師で、妻と息子がいました。でも、海が荒れていた日に漁に出て、舟から放り出されて溺れたのです。僕を助けてくれたのが、一人の人魚でした。実は僕は過去に、人魚を網にかけてしまったことがあったのです。もちろん、逃がしてあげたのですが、なぜか彼女はそのことをずっと恩に感じていたらしく、瀕死《ひんし》の僕に自らの肉を削いで食べさせて、生き返らせてくれたんです。その時は体の変化に気付かなかった。僕は人魚に感謝して、何ごともなかったように妻と幼い子供が待つ家に帰りました。――それから年月が経って、子供が大人になって、妻が年老いて……けれど僕はずっと若いままだった。妻は何も言わずそばにいてくれましたが……先に逝《い》きました」

紺がつらそうに目を伏せる。

「子供は、いつまでも変わらない僕を気味悪がって、早々に家を出ていきました。妻が亡くなって、僕は一人ぼっちになってしまった。彼女の後を追おうと、命を絶とうともしてみたんですよ。けれど、心の臓を刺しても、首を吊っても死ねない。とうとう海に飛び込んだら、人魚が現れて、再び僕を助けました。僕は彼女を責めました。死にたいのに死ねないのは君のせいだって。人魚は悲しそうな顔をして海に消えていきました。本当に……あの時の僕はどうかしていた。彼女が、海に落ち死ぬはずだった僕を助けてくれたから、最期の時まで妻と連れ添《そ》うことができたのに。感謝こそすれ、恨むのは筋違い。それなのに、ひどいことを言ってしまった。モノノケたちから疎外されても当然です。――そして、僕は決意しました。どうせ死ねないのなら、妻が生まれ変わってくるのを待ち、絶対に再会しようと」

長い昔語りを終えると、紺は顔を上げた。そばに掛けられている美人画に目を向ける。

描かれた女性を見つめる紺のまなざしには、愛《いと》しさが溢《あふ》れている。

（もしかしてこの絵の女の人は、緒方さんの奥様……？）

繭子も切ない気持ちで美人画の女性を見上げた。細面で涼やかな目元。紺の妻は美しい人だったのだろう。ふと「あれっ？」と思った。会ったこともないはずなのに、繭子は、彼女に既視感を抱いた。

首を傾げた時、展示室に声が響いた。

「さっきの屏風絵、とても迫力がありましたね、お祖父様《じいさま》、お祖母様《ばあさま》」

振り返ると、老夫婦と少女の姿があった。興奮した様子で喋っている少女は繭子と同い年ぐらいだろうか。明るい色合いの銘仙《めいせん》を着て、帯には珊瑚の帯留をしている。中流以上の家柄の子なのだろう。

「つばき、静かなお部屋で大きな声を出したらあかんえ。他のお客さんにご迷惑やから」

老婦人が孫娘を注意し、繭子たちのほうを向いてお辞儀をした。

「あっ」

繭子は思わず声を上げた。絵画専門館に来る前、木陰で会話をした伊与だった。

「伊与さん！」

繭子が手を振ると、伊与も気が付き「あら」と言うように口を開けた。繭子のそばまで歩み寄ってきて、微笑みを浮かべる。

「繭子さん、先ほどはおおきに」

「ご主人とお孫さんに無事に会えたのですね」

伊与にくっついてきた孫娘が、興味津々《きょうみしんしん》といった顔で繭子に目を向けた。

「お祖母様、この方は？」

「つばき。この方が、さっき話してたお嬢さん、繭子さんやで」

伊与が繭子を紹介すると、孫娘──つばきはにこっと笑った。

「迷子になったお祖母様と一緒にいてくれはったっていう女の子ですね！　おおきに」

隣に立つ水月と紺にも目を向け、愛想よく会釈をする。細面で鼻筋が通っていて、目元の涼やかな美少女だ。繭子は咄嗟《とっさ》に紺が描いた美人画を振り向いた。

（似てる！）

繭子につられたように、つばきも美人画に目を向けた。驚いた様子で「お祖母様、お祖母様」と伊与の袖を引く。

「見てください、この絵、私に似ていませんか？」

つばきに促されて絵を見た伊与も、

「あら、ほんまやね。よう似てるわぁ」

と、目を丸くした。

繭子は紺を見上げた。紺は、美人画を熱心に鑑賞する祖母と孫を、信じられないという表情で見つめている。

「……やっと会えた」

紺のつぶやきが聞こえたのか、つばきが小首を傾げた。こみ上げてくる感情をどう言葉にしていいのかわからないというように唇を震わせている紺に、不思議そうな目を向ける。

孫娘の様子に気が付いたのか、伊与も紺を見た。二人の視線が合う。紺は伊与に向かって何か言おうとしたのか、口を開きかけ、すぐに閉じた。切ない表情でふわりと笑う。

伊与が、

「うち、前にあなたとお会いしたことがあるような気がします。どこででしたやろか……？」

と、不思議そうに尋ねた。

その時、

「伊与、つばき」

一人で絵画を鑑賞していた老紳士が歩み寄ってきて、妻と孫娘の名前を呼んだ。

「あまり、他の方のお邪魔をしたらあかんで」

「お祖父様」

つばきが祖父に駆け寄る。

祖父は繭子たちにお辞儀をすると、「さあ、行くで」と二人を促し、歩き去っていった。つばきが繭子に軽く手を振ったので、繭子も手を振り返した。

祖父母と孫娘が出ていき、展示室に静寂《せいじゃく》が戻る。紺の深く長い溜め息が聞こえ、繭子は心配な気持ちで彼を見上げた。

「緒方さん？」

「まさか、このようなところで再会が叶うとは思いませんでした。あなた方に昔語りをしたことが、呼び水になったのでしょうか」

紺が「信じられない偶然だ」とでも言うように微笑んだ。その顔を見て、繭子は確信した。

（つばきさんが、緒方さんが捜し続けていた奥様の生まれ変わりなんだ）

紺の美人画の女性とつばきは瓜二つだった。

彼は、妻が再びこの世に生を享《う》けるのを、何百年も待っていたのだ。今すぐに追いかけてつばきを捕まえないと、また会えなくなってしまう。

紺は、自分の描いた絵の前から動こうとしない。繭子は焦った。

「緒方さん、追わなくていいのですか？」

「ええ」

「長い間待って、せっかく会えたのに？」

思わず紺の腕を掴む。その瞬間、繭子は彼の想いを感じ取り、胸が締め付けられた。

『長い孤独の中、妻といつか再会したいという願いを胸に生きてきた。けれど、ようやく出会えた君には、今、愛する夫と可愛い孫がいるんだね』

水月が繭子の手を紺の腕から外させる。

(奥様の生まれ変わりは、つばきさんではなくて伊与さんだったんだ)

泣きだしそうな繭子を見て、紺が「気にしないでください」と目を細めた。

「彼女が幸せな人生を歩んでいる姿を見られてよかった。僕はまた四百七十年……それ以上かかっても、再び彼女と一緒になれる時を待ちます」

妻への深い愛を感じさせる紺の微笑みは美しかった。


「緒方さん、あれで本当によかったのでしょうか……」

目の前の大瀑布を見つめながら、繭子はつぶやいた。

今は、博覧会場を出て、隣接する遊園地に来ている。

ここは電機会社が造営した施設で、自社の機械技術で造ったという動く遊具や、少女歌舞劇が上映される劇場などがある。繭子が眺めている滝も人工のものだ。

「この世には、ままならないこともあるで」

隣に立つ水月が、静かに答える。水月の言葉を聞いてますます切なくなり、繭子は目を伏せた。

しゅんとしている繭子を元気づけるように、水月が明るい声を出す。

「せっかく遊園地に来たんやから、遊んで行かへん？」

ぽんと肩を叩かれて、顔を上げる。

「あれに乗らへん？」

水月が指差す先には飛行塔がある。鉄塔からぶら下がった飛行機の乗り物が、ゆっくりと回っている。繭子は驚いた後、慌てて両手を横に振った。

「遠慮します！　高いし、怖そうだもの！」

焦る繭子が面白いのか、水月がにやりと笑う。

「怖がってると、ますます乗せたくなるなぁ」

後ずさった繭子の腕をぐいと摑んで引き寄せる。

「さあ、行くで」

「乗りませんっ！」

抵抗したが、水月はひょいと繭子を抱え上げた。軽々と横抱きにされて動揺する。

「水月さん、放してくださいっ……こ、こんな場所で……」

周囲の人々が、じろじろと二人を見ている。水月には何度か不可抗力で抱き上げられたことがあるが、本来、公共の場で女性が男性と触れ合うなんて考えられない。繭子は恥ずかしくなり、両手で顔を覆《おお》った。

「しっかり俺に掴まってへんと、落としてまうで」

からかうように言われて、繭子はおずおずと顔から手を離した。水月が繭子を見下ろして笑っている。てっきり悪戯っぽい顔をしているのかと思っていたら、慈《いつく》しむような優しい微笑みだった。

『元気出して』

水月の心の声が聞こえた。

繭子は躊躇《ためら》った後、そうっと水月の肩に腕を回した。彼の心臓の音が間近に聞こえる。

いつもより高い自分の体温と早い鼓動が、水月に伝わりませんようにと願った。

第四章

緒方紺《おがたこん》から空川隼爾《そらかわじゅんじ》の情報を得て数日後。

繭子《まゆこ》と水月《すいげつ》は、紺に紹介された画商、山城《やましろ》が営む、寺町三條《てらまちさんじょう》の画廊を訪れていた。

「空川先生を紹介してほしいと言われましてもね……」

二人から事情を聞いた山城は、困惑《こんわく》した表情を浮かべて腕を組んだ。

手がかりを求めて訪ねてきたものの、山城が言うには、空川は人見知りで、よほどの相手でないと会おうとしないらしい。

客でもない二人を、大切な取引相手に紹介できないという山城の意志を感じ、繭子は手を合わせて頼んだ。

「あのっ、ではせめて、どのような方で、どこに住んでおられるのかだけでも教えていただけませんか？」

「お住まいは嵐山《あらしやま》……嵯峨《さが》ですね。お伺いしたことはないので、どのあたりかは存じませんが」

「嵯峨……」

まだ京都の地理に詳しくない繭子は、質問するように水月を見上げる。

「京都市外やね。嵐山は観光地やけど、住むにしては辺鄙《へんぴ》なところや。こっちに出てこようと思ったら、鉄道に乗ってこなあかん」

二人が話していると、山城が思い出したように「ああ、そうそう」と続けた。

「半月後、この画廊で空川先生の個展を開くことになっているんです。在廊していただけるよう交渉中なので、その時に来はったらどうですか？　もしかしたら、お話ができるかもしれませんよ」

山城の提案を聞き、繭子と水月は顔を見合わせた。二人同時にお礼を言う。

「個展、お伺いします。お誘いおおきに」

「ありがとうございます！」

父の手がかりが何もなかった状態から、少しずつ前に進んでいる。繭子はそう思い、期待と不安が入り交じる胸をそっと押さえた。

*

「来てくれたんや」

いつものように妓楼《ぎろう》に行くと、水月の姿を見た小絲《こいと》は嬉しそうに笑った。

「うん」

美しく化粧をした小絲の前に腰を下ろす。少し疲れている様子の彼女が気になり、水月は、

「どうしたん？　体調悪そうやね」

と気遣《きづか》った。

小絲が弱ったように微笑《ほほえ》む。

「昨夜のお客はんが、ちょっとしつこくて」

「ああ……」

「なるほど」と心の中でつぶやき、今夜、訪ねてきてよかったと思う。

「ほんなら、俺のいる間はゆっくり体を休めよし」

「泊まっていってくれへんの？　最近は、いつもそうやね」

唇を尖《とが》らせて拗《す》ねる小絲を見て申し訳ない気持ちになったが、

「うちに、外泊すると心配する子がいるし」

と答えた。

「……え」

小絲の表情が強《こわ》ばる。

「どういうこと？　家に誰かいるん？」

「住み込みの女中を雇ってん。まだ十六歳の女の子やし、夜はあんまり一人にさせときたくなくて」

小絲は目を伏《ふ》せ「そうなんや」とつぶやいた。

けれど、すぐに顔を上げると、

「うちな、もしかするとここを出られるかもしれへん」

と、明るい声で言った。

「馴染《なじ》みのお客はんが、うちを引き取ってもええて言うてくれてはるの。西陣《にしじん》の若旦那さん。お妾《めかけ》さんやないで。本命やって」

「へえ！　それはええ話やね」

西陣のお坊ちゃんなら身元もしっかりしているし、金もあるだろう。妾だと肩身の狭い思いをするかもしれないが、正妻だと聞いて安心した。

「娼妓《しょうぎ》上がりの女やから、ご家族さんは嫌な顔をしはるかもしれへんけど、『絶対に守るから来てほしい』って言うてくれてはる」

「男気のある人やん」

会ったこともない相手だが、そこまで言うのなら信頼できる。

「でもな……ちょっと迷ってる。その人は、うちの本当の姿を知らへん」

小絲は不安そうに瞳を揺らした。右手を上げて、手のひらをじっと見つめた後、水月のほうへ人差し指を向けた。爪の先から細い糸が伸び、水月の左手の小指に絡みつく。

「うちが男を惑わす絡新婦《じょろうぐも》の子孫やって知ったら、幻滅しはるかもしれへん。あの人も、うちが誘惑した男のうちの一人なんやから……」

弱々しく微笑み、嘆息《たんそく》した。

不安がる小絲を水月は抱き寄せた。子供にするように、とんとんと背中を叩く。

「大丈夫やで。何かあったら俺が助けるから。――姉さん」

小絲は水月の胸の中で小さく頷いた。

＊

『星林文庫《せいりんぶんこ》』の穏やかな昼下がり。棚の埃《ほこり》を払っていた繭子は、「こんにちは」と声をかけられて顔を上げた。

「あっ、雪成《ゆきなり》さん」

振り向いた繭子を見て、雪成がにこりと笑う。

以前、水月に雪成の来訪を伝えた時、雪成は大学に通う傍《かたわ》ら、悪夢に苛《さいな》まれて眠れない人から依頼を受け、夢を食べる仕事をしているのだと聞いた。

今日の雪成は、以前会った時よりも顔色が悪い。心配になり、

「雪成さん、調子が悪いのですか？」

と尋ねると、雪成は「あはは……」と弱々しく笑った。

「他人の悪夢を喰《く》って胃が痛いんだ。夢を喰う獏《ばく》のくせに、喰った夢でお腹を壊すだなんて情けないよ……」

腹をさすり、ふぅと息を吐いた雪成に向かって、繭子は身を乗り出した。

「情けなくなんてありません！　雪成さんは、悪夢に悩まされている人たちを助けるという、立派なお仕事をなさっているのですよね。自分が苦しくなるのがわかっているのに、人のために働けるなんて、素晴らしいです！」

繭子が力説すると、雪成は恥ずかしそうに頬を掻《か》いた。

「……そんなに立派なものでもないと思うよ……僕はお金のためにやってるだけだし……」

「話し声がすると思ったら、雪成やん」

足音が聞こえ、二階から水月が下りてきた。雪成の顔を見て察したのか、

「吐き出しに来たん？」

と尋ねる。

「うん。聞いてもらっていいかい？」

「ええよ」

水月は繭子に目を向けると、

「繭子ちゃん、申し訳ないけど、半刻《はんとき》ほど出かけてきてくれる?」

と頼んだ。

夢の内容は個人的なものなので、繭子には聞かせたくないのだろうと察する。

「わかりました。お店番はどうしましょう?」

「閉めといてええよ。仙利《せんり》、繭子ちゃんに付き合ってあげて」

縁側で寝ていた仙利が水月に声をかけられ、むくりと起き上がる。大あくびをした後、

「わかった」

と答えた。

「お昼寝していたのに、ごめんなさい。仙利さん」

「かまわんよ」

仙利はトトッと走り寄ってくると、繭子が広げた腕の中に飛び込んだ。繭子はうまく抱き留め、仙利の体を胸にくっつける。

「では、少し出かけてきます」

「うん。いってらっしゃい」

「ごめんね、繭子ちゃん」

水月と雪成に手を振られて、繭子は『星林文庫』を出た。

外は快晴だ。つばめが頭上を飛んでいる。近くに巣があるのかもしれない。

「どこに行こうかな」

繭子は歩きながらひとりごちた。

「ところてんでも食べに行こうかな……ああでも、贅沢《ぜいたく》かな……」

悩む繭子に、仙利が気軽な口調で、

「行けばいいではないか」

とすすめた。

「でも、仙利さん。ご主人様の許しなく、甘味を食べに行くなんて」

「水月は、そのようなことをごちゃごちゃ言うまいよ」

仙利が二股に分かれた尻尾で繭子の腕を叩く。

「そうですか?」

「むしろ、日頃頑張っている繭子が気晴らしに行ったと知ったら、喜ぶじゃろう。小遣いを渡し損ねたと悔しがるかもしれん。あいつは繭子が可愛くて、甘やかしたくて仕方ないのじゃからな」

「か、可愛い？　甘やかしたい？」

意外なことを言われて動揺する繭子を見て、仙利が面白そうに目を細める。

「妹分とでも思っているのか、それとも、繭子に過去の自分を重ねているのか……」

（妹……）

仙利の言葉を聞いて、繭子は少しがっかりした。そして、そう感じた自分を不思議に思う。

以前、水月は、自分には親がいないと言った。スリをして生活していたが、甚五《じんご》郎《ろう》に拾われて、更生したのだと話していた。

（お父さんが失踪《しっそう》してしまった私と、両親のいない水月さん。確かに、境遇が似ているかもしれない）

けれど、自分には母がいた。父も母もいなかった水月の寂しさを思い、切ない気持ちになる。

（水月さんは、ご両親のことを全く覚えていないのかな？）

水月は天狗《てんぐ》の子孫。つまり、水月の父か母のどちらかが、モノノケの血を引いていたことになる。繭子がそうであったように、自分がモノノケの子孫だと知らない者も多いと聞いた。水月の親はどうだったのだろうか。

（もしかしたら、モノノケについて全く知らなくて、自分の子供に人とは違う力があることを恐れて捨てた、とか……？）

ふと思いついた考えに、繭子の胸が痛む。もしそうだとしたら、水月はどれだけ傷ついただろう。

暗い表情を浮かべる繭子に気が付き、仙利が不思議そうな目を向けた。

「どうしたのじゃ？　繭子」

「……なんでもないですよ、仙利さん」

仙利は水月の過去を知っているかもしれないが、本人の許可なく、聞くわけにはいかない。

いつか話してくれる時が来るかもしれない。――来ないかもしれない。

どちらにしても、水月は繭子にとって恩人で、特別な人だ。

ところてんを食べに行く気持ちではなくなり、六角堂《ろっかくどう》へ向かう。

門を潜《くぐ》り、境内《けいだい》に入ると、涼しげな立ち姿の柳《やなぎ》の木が目に入った。木陰に鳩《はと》が集まり、地面をつついたり、うずくまったりしている。仙利が繭子の腕の中から飛び下り、鳩をかまいに行った。いきなり現れた猫に驚き、鳩が一斉に飛び立った。

「仙利さん、悪戯《いたずら》したら駄目ですよ！」

仙利に声をかけ、繭子は本堂へ足を向けた。複雑な形をしたお堂は、六角宝形《ほうぎょう》造《づくり》という らしい。六根清浄《ろっこんしょうじょう》を願うという祈りが込められた形なのだそうだ。

藺子はお堂の屋根の下まで行くと、手を合わせた。ここの御本尊《ごほんぞん》は如意輪観世音《にょいりんかんぜおん》菩薩《ぼさつ》だ。

仙利がちょこちょこと戻ってきて、藺子の足を叩いた。

「藺子。知り合いの猫に会った。彼と話をしてくる」

「かまいませんよ。私は陽の当たらないところで、のんびりしていますね」

しゃがみ込んで仙利の頭をひと撫でする。仙利は「ニャア」と鳴くと、軽やかに駆けて、境内のどこかへ行ってしまった。

仙利を見送り、涼しい場所を探してきょろきょろする。

日陰に床几《しょうぎ》を見つけ、「あそこがよいかも」と足を向けると先客がいた。単衣《ひとえ》の着物を、襟《えり》をきっちりと合わせて身に着けている青年だ。歳は二十代半ばといったところだろうか。特にこれと言って特徴のない顔立ちだが、清潔感から、真面目な人物のように感じた。

横の空いている場所に座らせてもらおうと床几に歩み寄ると、青年が顔を上げたので、

「すみません、お隣よろしいですか？」

と、尋ねる。

「ああ……どうぞ」

青年は鈍《にぶ》い反応を返したが、手のひらで自分の隣を指し示した。

会釈《えしゃく》をして腰を下ろす。ふわりと吹いた風に目を細める。繭子が乱れた前髪を整えていると、青年がちらちらとこちらを見ていた。気になったので振り向き、繭子は彼に声をかけた。

「あのう、何か？」

小首を傾げる繭子に、青年が慌てた様子で答える。

「じろじろ見てすみません。先鋭的《せんえいてき》で素敵な髪型だなと思いまして」

繭子の肩上までの短い髪を言っているのだと思い、にこっと笑い返す。

「ありがとうございます。変ではないですか？」

「いいえ！　とてもよくお似合いですよ。昨今、長い髪を短くする女性たちが現れたと聞きますが、短い髪というのも良いものですね。それに、リボンも素敵だ」

手放しの褒め言葉に、繭子ははにかんだ。水月が贈ってくれたリボンを褒められたのも嬉しい。

青年の膝の上には写生帳が載せられている。開かれた頁には、片膝を立て頬に手を当てた観音像が描かれていた。

「もしかして、この観音様は如意輪観音様ですか？」

繭子が尋ねたら、青年は恥ずかしそうに写生帳を閉じた。

「下手な絵でしょう。観音様に申し訳ない」

「そんなことないです！　細かく描かれていて、とてもお上手です！　私には絵のことはよくわからないけれど、その観音様からは慈愛を感じます。もしかして、あなたは画家さんなのですか？」

繭子の質問に青年は目を丸くした後、苦笑いを浮かべた。

「いいえ、私は画家なんて大層なものではありません。描くのが好きなだけです。でも、慈愛を感じるだなんて、そんなふうに言っていただいたのは初めてです。もしこの絵が、あなたのおっしゃるように描けていたとしたら嬉しいですね。知っていますか？　如意輪観音様が持つ如意宝珠《にょいほうじゅ》は思いのままに願いを叶え、法輪は煩悩《ぼんのう》を打ち砕くというご利益《りやく》があるそうです。如意輪観音様は、法輪がどこまでも転がっていくように私たちの前に現れ、救い、願望を叶えてくださるのだそうです」

「如意輪観音様がそのような仏様だったとは知らなかったです。一つ賢くなりました」

繭子の言い様に、青年が「ふふっ」と笑う。

「私のたあいない知識が、あなたのお役に立ったのならよかった。私はここが好きでして、市内に出てくると必ず、お参りに立ち寄るのです」

青年は話しながら写生帳を広げると、新しい頁をめくった。繭子に視線を向け、遠慮がちに尋ねる。

「もしよかったら、あなたを描かせていただけませんか？」

「えっ？　私をですか？」

意外な申し出に慌てると、おとなしそうに見えた青年は意外にも強い口調で、

「私の絵を褒めてくださった方のお顔を、忘れたくないので」

と、続けた。

繭子は迷った後、こくんと頷いた。どうせ時間もあるのだ。

「それでしたらどうぞ」

「ありがとうございます」

青年は嬉しそうに笑った。

「では、こちらを向いてください。緊張しないで……」

緊張するなと言われても、絵のモデルなど経験がないので、堅くなってしまう。

ぎこちない繭子を見て、青年が微笑む。

「そういえば、自己紹介がまだでしたね。私は里中晴吉《さとなかせいきち》といいます」

「木ノ下《きのした》繭子です」

繭子も名乗ると、晴吉は一瞬目を見開き、

「……木ノ下……繭子さんとおっしゃるのですね。可愛らしいお名前だ」

と褒めた。

「晴吉さんは褒め上手ですね。ありがとうございます」

取って付けた言葉のように感じたが、繭子は愛想よくお礼を言った。

「今の笑顔、とてもよいですよ。そのまま、こちらを見ていてください」

促されて軽く座り直し、晴吉のほうを向いた。真剣な表情で晴吉が鉛筆を握る。

境内に二人以外の姿はなく、柳の葉擦《はず》れ、鳩の羽ばたき、鉛筆が紙の上でこすれる音だけが聞こえている。

何も喋《しゃべ》らないのも気まずく感じ、繭子は晴吉に話しかけた。

「晴吉さんは、遠いところにお住まいなのですか？　先ほど、市内に出てくると必ず六角堂に寄るとおっしゃっておられましたよね」

「少し不便な場所に住んでいます。繭子さんのお住まいはこのあたりですか？」

晴吉が繭子に聞き返す。

「私はこの近くにある『星林文庫』で働いています」

「ああ！　あそこですか。中に入ったことはありませんが、知っていますよ。貸本《かしほん》屋《や》ですよね」

「知ってくださっていたんですか」

「ええ。風流な名前の店だなと思っていたんです」

「風流？」

　繭子がきょとんとすると、晴吉は「おや？」と目を丸くした。

「『天の海に雲の波立ち月の船星の林に漕ぎ隠る見ゆ』から名付けられたのかと思ったのですが」

「星の林……そうだったんだ……」

　晴吉に教えられ、繭子は初めてその歌を知った。

「天を海に、雲を波に、月を船に、星々を林に見立ててあって、壮大な歌ですよね。どなたが名付けられたのですか？」

「たぶん店主の壱村《いちむら》水月さんだと思います」

「壱村水月？　小説家の？」

「はい。『星林文庫』を営んでいるのは水月さんです。お店番をしているのは、もっぱら私なのですが」

「『星林文庫』が壱村先生のご自宅だとは知りませんでした。繭子さんと壱村先生はどういったご関係で？　……あっ、失礼！　立ち入りすぎましたね」

　慌てた晴吉に、繭子は「かまいません」と笑いかけた。

「私は住み込みの女中です。事情があって、水月さんに雇っていただいています」

「事情？」

気になるというような顔をする晴吉を見て、繭子は考えた。

晴吉は絵を描くのが好きだと言った。もしかしたら、父や空川隼爾について何か知らないだろうか。

「私、幼い頃に生き別れになった父を捜しているのです。今は画家として働いているようなのですが、晴吉さん、木ノ下悟《さとる》っていう人を知りませんか？　もしくは、空川隼爾先生をご存じないですか？」

繭子の期待に反し、晴吉は首を横に振った。

「……知りません。そのお二方と面識はありませんね」

「そうですか……」

肩を落とした繭子を見て、晴吉は申し訳なさそうに、「すみません」と謝った。

「あっ、いいえ、いいんです。少し聞いてみただけなので！　わぁ！　それが私ですか？」

気まずい雰囲気になってしまったので、繭子は晴吉の手元を覗き込み、あえて弾んだ声を上げた。白紙だった紙の上に、少女の姿が現れている。

「まだ途中までしか描けていませんが、いかがですか？」

晴吉に感想を求められ、繭子は絵をじっくり見た。晴吉は不安そうに繭子の様子を窺っている。

瑞々しい笑みを浮かべる少女の絵は、自分にしては美化されすぎているような気もしたが、そう言うと彼が気を悪くするかもしれないと思い、繭子は明るくお礼を言った。

「似ていると思います。可愛く描いてくださって、ありがとうございます」

「そう言っていただけてよかった。もう少し描き込みたいのですが、まだお時間は大丈夫ですか？」

繭子は周囲を見回した。仙利はまだ戻ってこない。

「はい、かまいません」

あらためて晴吉と向かい合う。

「差し支えなければ、繭子さんが捜しているというお父さんの話、もう少し聞かせていただけませんか？　今後、何かお力になれることもあるかもしれません」

晴吉の申し出に、繭子は顔を輝かせた。父も晴吉も絵を描く者同士、今後出会う可能性はある。

「ありがとうございます！」

晴吉に深々と頭を下げる。なんて親切な人なのだろう。せっかく晴吉がこう言ってくれているのだから、この縁を逃したくはない。

繭子は昔を思い返しながら話し始めた。

「父は私が七歳の時、理由も告げずに家を出ていったんです――」

一方、水月は、『星林文庫』の板間《いたのま》に腰かけ、雪成の話に耳を傾けていた。

「真っ暗な部屋の中に絵の具の付いた筆が落ちている。僕は腕を伸ばして、それを拾った。僕は、しばらくの間、絵筆を見つめて悩んでいたけれど、意を決して、暗闇に向かって何かを描き始めた」

実際に腕を動かし、雪成が絵を描く真似をする。

雪成が語っているのは、先日、依頼者に頼まれて喰った夢の話だ。雪成は他人が見た夢を、まるで自分が体験したことのように語る。

「僕が絵筆を動かしていると、不意に笑い声が聞こえた。目の前に笑みを浮かべる仮面が現れて、一つ、二つ、三つと、どんどん増えていった。仮面が僕を取り囲み、笑い声も大きくなって、僕はたまらなくなって絵筆を落とした」

怪談じみた内容になってきて、水月はすっと目を細める。

雪成が打ち明ける夢は悪夢ばかりなので、聞いていて、良い気分にはならない。

「頭を抱えてうずくまったら、目の前に小刀が落ちていた。僕はそれを拾って立ち上がると、仮面に向かって突進し、振り回した。笑い声が悲鳴に変わった。悲鳴を上げた仮面は、割れて落ちる。僕はそれが楽しくて高揚《こうよう》した気分になり、次々と仮面を壊した。最後の悲鳴が消えて、気が付くと、周りは明るくなっていた。僕が暗闇に向かって描いていた絵は赤い絵の具で塗りつぶされていて、僕の手も真っ赤に染まっていた」

ゆっくりと話を締めくくり、雪成がふぅと息を吐く。

「実際に」

雪成は顔を上げると、弱々しく笑いながら水月を見た。

「刃物が何かを切り裂く感触はあったし、悲鳴も生々しかった。夢を見ている人物が、何かとても大きな不満を抱えていることも感じ取れたし、まあ、なんというか……きつい悪夢だったな」

「そんな夢を喰ったら、そら、お腹の具合も悪くなるわ」

水月は雪成に同情のまなざしを向ける。

「気分はどう？」

「吐き出して少し楽になった……かな」

自分の腹をさすりながら、雪成は曖昧《あいまい》に笑った。

実家が貧乏な雪成は、生活費と学費を稼ぐために、依頼を受けて悪夢を喰うという仕事をしている。水月が雪成と初めて出会った時、彼は髪の色も変わるほど消耗《しょうもう》していた。

人が夢を見る仕組みはわかっていないらしい。良い夢もあれば、特に意味もなく悪い夢を見ることもある。けれど中には、個人の願望や悩みが反映されていたり、心的外傷などが影響したりしている繊細な夢もあるので、雪成は喰った夢の内容を口外しないと決めていた。

けれど、負の力がこもった夢を食べ続けると体調をくずしてしまう。雪成は最初「悪夢で胃もたれを起こしているだけだ」と水月に説明したが、水月は彼の体調不良は、誰にも秘密を話せないという精神的重圧のせいだと考えた。他人の悪夢で、雪成のほうが参ってしまうのだ。

「絶対誰にも言わへんし、他人の秘密を溜め込むのがしんどくなったら、俺に話してくれたらええよ。いつでも『星林文庫』においで」

見かねて誘うと、雪成は水月に会いに来るようになった。

彼とは、それ以来の付き合いになる。

「今回の依頼人はどういう人やったん？」

なかなか物騒な夢を見る御仁《ごじん》だと思いながら尋ねると、雪成は、

「依頼人と悪夢の主は別なんだ。僕のことをどこで知ったのかはわからないけど、『同居人が悪夢に苛《さいな》まれて不眠になり、今にも参ってしまいそうだから助けてくれないか』って連絡が来たんだ」

と、説明した。

「依頼人は同居人を心配して、本人には相談なく僕を呼んだみたいだった。依頼人は四十歳ぐらいの男性で、同居人は水月ぐらいの年齢の青年だったな。どういう関係なのかまでは聞かなかった。同居人のほうは僕のことを警戒していて、何も話そうとしなかったしね。いつものようにお香を焚《た》いて適当にお経を読んで眠らせた後、夢を喰ったよ」

雪成は「悪夢に悩まされて眠れない人のお悩みに寄り添い、安眠をご提供いたします」という謳《うた》い文句で活動している。夢見の悪さについては悪夢を喰ってしまえば一時的に解決するのだが、依頼人が希望するなら、悩み相談や愚痴も聞く。そうすることで、より気が楽になる人がいるのだそうだ。

「悪夢に悩まされていた同居人は、人を殺したい願望でもあるんやろか？　夢に現れた心象が美術に関係するのは、そういった職業に就いているからとか？」

水月に尋ねられて、雪成は難しい顔をする。

「何も聞いていないからわからない。でも、水月の言うとおり、美術関係の仕事をしている可能性はあるかもね。家の中を案内された時に、襖《ふすま》が半開きになっていた部屋があって、ちらっと覗いたら画室だった。描きかけの絵や画材が見えたよ。画家なのかもしれないね」

水月は顎に手を当て考え込んだ。

今の水月は、画家と聞くと、どうしても木ノ下悟と空川隼爾を連想してしまう。四十代なら繭子の父親ぐらいの年齢だし、空川隼爾は若いという話だ。

「雪成。依頼人と同居人の名前を教えてくれへん？」

普段、悪夢の内容は相談しても、依頼人の名前までは絶対に明かさない雪成に、水月は尋ねた。

雪成は迷う様子を見せたが、いつになく真剣な水月を見て口を開いた。

「依頼人は『木ノ下』と名乗っていたよ。同居人は名乗ろうとしなかったけれど、木ノ下さんは彼のことを『晴吉君』と呼んでいた」

幾分《いくぶん》すっきりとした顔をして雪成が帰っていった後、水月は板間に腰かけたまま、思案していた。

水月は雪成にかなり無理を言い、木ノ下の家の場所を教えてもらった。雪成の営業妨害をしてしまうかもしれないが、彼に夢喰いの依頼をした木ノ下が、繭子の父親の悟と同一人物なのかどうか、確認したい。

「明日、行ってみようか……」

ひとりごちた時、

「ただいま戻りました」

『星林文庫』の入り口から、朗《ほが》らかな声が聞こえた。繭子が帰ってきたのだ。

水月は立ち上がると、彼女を出迎えた。

「お帰り、繭子ちゃん」

「雪成さんは、もう帰られたのですか？」

「うん」

「ご体調はいかがでした？」

「吐き出すものは吐き出していったから、たぶん大丈夫やと思う」

「そうですか」

繭子がほっとした表情を浮かべた。彼女の足元をするりと抜けて、仙利も家の中に入ってくる。

「仙利、繭子ちゃんとどこに行ってきたん？」

仙利の体を抱き上げ尋ねる。仙利よりも早く繭子が答えた。

「六角堂です」

「儂《わし》は知り合いの猫に会ったから、世間話をしていた」

「繭子ちゃんのそばから離れてたん？　あかんやん」

水月が仙利を注意すると、繭子が慌てて彼を庇《かば》った。

「私は一人でも大丈夫でしたよ。それに、六角堂で会った男の人に、絵を描いてもらっていたので楽しかったです」

「男の人？　知らん人と話をしてたん？」

どこの誰とも知れない男と過ごしていたと知って、ひやりとする。

蒴子のように、小さくてか弱い少女は、あっさりと攫《さら》われてもおかしくはない。

仙利を付けたとはいえ、彼女を一人で行かせるのではなかったと後悔する。

水月の心配に気付いたのか、蒴子が焦った様子で補足した。

「悪い人ではありませんでしたよ！　六角堂の如意輪観音様の絵を描いてらっしゃったので、『お上手ですね』って声をかけたら、お話が盛り上がったのです。私の絵を描きたいとおっしゃったので、モデルをしていました」

「モデル？」

ますます水月の眉間に皺《しわ》が寄る。

「素性《すじょう》のわからん男に、絵を描かせたん？」

「あの……駄目でしたか……？」

蒴子がおずおずと尋ねた。不機嫌な自分を怖がっているのだと察し、水月はぐしゃぐしゃと髪を掻《か》いた。

毎日くるくるとよく働き、明るく笑う蒴子を観察して、モデルにしていいのは自分だけだといつしか思っていた。どこの馬の骨とも知れない男が彼女をモデルにしたと知って、むしゃくしゃした。だからといって、繭子にあたるなんて我ながら大人げないと反省する。

けれど、注意だけはしておかなければと、水月は真面目な表情で繭子に言い聞かせた。

「不用心やで。そいつに悪意があったらどうするん？」

「晴吉さんは、そんな方ではないと思います。とても温かな絵を描く方でしたし」

その男を庇う繭子に、再びもやっとする。けれど、彼女が六角堂で会ったという男の名前を聞いてハッとした。

「……晴吉？　そいつ、晴吉って名乗ったん？」

「はい。そうですけど……」

何をそんなに驚いているのだろうと言うように、繭子が目を瞬《しばたた》かせた。

（雪成が夢を喰った晴吉と、繭子ちゃんが会った晴吉は、同一人物なのか？　偶然か？　それとも、やっぱり木ノ下は悟さんで、彼の代わりに晴吉が繭子ちゃんの様子を見に来た……とか？）

彼女は一時期、画材店を回って、父を捜す貼り紙をしてもらえないかと頼んでいた。連絡先に『星林文庫』の住所を書いていたし、悟はそれを目にしたのかもしれない。

（やっぱり木ノ下の家を見に行こう。期待を持たせてがっかりさせたくないし、繭子ちゃんには内緒で……）

繭子を見下ろすと、不安そうに自分を見つめている。ご主人様を不快にさせたとでも思っているのか、健気な様子に切なくなった。

水月は繭子に微笑みかけた。

「お茶を淹《い》れてくれへん？　雪成とたくさん喋って喉が渇《かわ》いたし」

「はいっ」

ほっとしたのか、繭子の表情が和《やわ》らぐ。

土間に向かう繭子の小さな背中を、水月は優しいまなざしで見送った。

＊

翌日、水月はいつものように繭子に店番を任せると、「出かけてくる」とだけ言って家を出た。普段から、市内のモノノケの子孫たちの様子を見るために出歩いているので、繭子は特に行き先を聞いてこない。

市電で四條大宮《しじょうおおみや》まで行き、嵐山電車に乗り換えた水月は、嵐山停車場で降車した。

停車場近くの茶屋には、のんびりと団子を食べている人がいた。客待ちをしている人力車や、托鉢《たくはつ》の僧の姿も見える。近くに寺があるのだろう。

目の前には大きな川が流れ、木製の橋が架かっていた。風光明媚《ふうこうめいび》な景色を楽しむようにゆっくりと橋を渡る人々や、船遊びをしている人々がいる。

「さすが観光地」

のどかだが活気のある風景を見回し、水月はひとりごちた。

嵐山は、春は花、秋は紅葉《こうよう》が美しい観光の名所だ。

雪成から聞き出した、木ノ下と晴吉の住まいは嵯峨だった。

(空川隼爾の自宅も嵯峨……偶然とは思えへんね)

料理旅館を横目に見ながら通りを歩く。

表通りから裏通りに入ると、ひとけがなくなった。

地元の者だけが使うような細道を進むうちに、水月はいつの間にか竹林の中に入り込んでいた。

「へぇ……見事やね」

天まで届きそうなほど、まっすぐに伸びた竹は頭上を覆い、日暮れのように薄暗い。

『竹林の道を抜けた先に一軒家がある。そこが木ノ下氏と晴吉氏の住まいだよ。他に家はないから、すぐにわかるはず』

雪成に教わったとおり、竹林の道を行く。

どこか別の世界に迷い込んでしまいそうな心持ちになった時、前方に建物が見えた。

「あそこかな」

簡素な門の前まで行き、竹垣越しに桟瓦葺《さんがわらぶき》の家の様子を窺う。人の気配はない。少し悩んだ後、木戸を押してみるとあっさりと開いた。

「ちょっと失礼……」

小さな声で挨拶《あいさつ》をして、敷地内に入る。苔《こけ》と青紅葉《あおもみじ》が美しい庭を通って玄関に向かうと、戸が開いて人が現れた。無断侵入している水月に驚いた様子もなく、こちらを見ている。歳の頃は四十。白いシャツと黒いズボンという洋装姿で、髪はやや長め。物憂《ものう》げだが落ち着いた雰囲気を漂わせた男性だ。

彼に咎《とが》められるよりも早く、水月は声をかけた。

「勝手に入ってしもてすみません。壱村水月といいます。こちらにお住まいの木ノ下さんと晴吉さんという方を訪ねて来ました。あなたが木ノ下さんですか？」

目の前の男性が木ノ下だと確信しながら尋ねたが、相手は微笑みながらも素っ気ない答えを返した。

「いいえ、違います。どこか他の家とお間違いではないですか？」

男性に否定されたが、水月はさらに問いかけた。

「失礼ですが、あなたのお名前をお聞きしても？」

「……上梨《かみなし》です」

男性──上梨はそう答えると、穏やかな口調で続けた。

「勝手に入ってこられた方をお招きするほど、私はお人好しではありませんので、どうぞお帰りください」

辛辣《しんらつ》に拒絶されて何も言えなくなり、水月は上梨に一礼し、踵《きびす》を返した。

木戸を潜る時に、もう一度家のほうに目を向けると、上梨がこちらを見つめていた。急かされているように感じ、足早にその家を離れた。

竹林の細道を戻りながら考える。

（彼は嘘をついている……）

風が吹き、水月の前髪を揺らす。秘密を隠すように竹の葉擦れの音が響いた。

＊

水無月《みなづき》に入り、雨が増えた。うっとうしい日が続く中、山城の画廊では空川隼爾の個展が開催されていた。

山城から、空川が一日だけ在廊することになったと聞き、繭子と水月は画廊へ向かった。

到着すると、山城は接客中だった。

「忙しそうやね。ご挨拶は少し待とうか」

水月にそう言われたので、声をかけるのを遠慮し、山城の話が終わるのを待つ。

繭子は画廊内をきょろきょろと見回した。数人の客が、画廊に飾られた日本画を鑑賞している。風景画もあるが、美人画のほうが多い。

（空川さんはどこにいるんだろう？　もしかしたら、お父さんも来ている？）

空川と父は知人かもしれない。期待をして父の姿を捜す。幼い頃に生き別れた父の面影はおぼろげだが、血が繋がった親子なのだから、顔を見ればわかるに違いない。

舞妓の絵を鑑賞している老人、渓谷の絵を鑑賞している紳士――

（あの人も、あの人も違う）

繭子の視線が一人の青年の上で止まる。

「あっ……」

小さく声を上げた時、山城がようやく繭子と水月の姿に気が付き、歩み寄ってきた。

「ようこそ、おこしやす」

「こんにちは、山城さん。盛況やね」

「空川先生のおかげです」

山城の満面の笑みを見ると、既に何作品か買い手が付いているのかもしれない。

「それで、先生はどちらにいはりますか？」

挨拶もそこそこに水月が尋ねると、山城は手のひらで、繭子が見つめていた青年を指し示した。

「あちらの方です。ご紹介しますね」

空川のもとへ向かう山城の後に、繭子と水月も付いていく。

「空川先生！　先生に会いたいというお客様が来たはります」

山城に声をかけられ、空川が振り返った。

「私に会いたい方？」

空川が繭子に気が付き、目を見開いた。繭子も戸惑いながら彼を見上げる。

目の前の空川隼爾という名の画家は、六角堂で繭子が出会った里中晴吉だった。

(空川隼爾っていうのは、晴吉さんの雅号……？)

けれど、繭子が晴吉に「画家さんなのですか？」と尋ねた時、絵は好きで描いているだけで職業ではないと言っていた。

有名人だと知られたくなかったのだろうか。ならばここで「あなたは晴吉さんですよね？」と言わないほうがいいのだろうか。彼の反応を見れば、空川も、繭子が六角堂で出会った少女だとわかっているはずだ。

繭子が混乱しているうちに、水月が空川に歩み寄った。

「壱村水月です。はじめまして、空川先生」

繭子を見つめていた空川が、ハッとしたように水月に顔を向けた。

「壱村水月氏といえば、昨今人気の小説家の先生ですね。私の絵を見に来てくださったのですか？　光栄です」

差し出された右手を、水月が握る。空川は水月から繭子に視線を移し、微笑んだ。

「はじめまして。お嬢さん」

空川のふるまいで繭子は察した。彼は、繭子とは初対面だということにしておきたいのだ。繭子も微笑みながら彼に合わせた。

「はじめまして。お会いできて嬉しいです」

「ゆっくりご覧になっていってください」

二人と会話をする気がないと示すように、それだけを言って、空川は別の客のそばへ移動してしまった。

「空川先生、聞きたいことが――」

空川を追いかけようとした水月の袖を、繭子は摑んで止めた。

「私、あの方を知っています」

「えっ？」

「前に六角堂で会いました」

周囲の人々に聞こえないように、小声で話す。水月は繭子が六角堂で見知らぬ男のモデルになったことを覚えていたのか、眉をひそめた。

「もしかして『晴吉さん』？」

繭子はこくんと頷いた。

「でも、空川先生は、私とは初対面だということにしておきたいみたいです。晴吉さんは私が父の木ノ下悟を捜していることを知っています。父と知り合いかもしれないのに、何も話してくれなかったのはどうしてなんでしょうか……」

もう一度、晴吉に父のことを問いただしたら、どういう反応が返ってくるのだろう。迷った後、繭子は、

「私、もう一度、晴吉さんに話を聞いてきます！」

と、身を翻《ひるがえ》した。

「繭子ちゃん、待って。慎重になったほうがいいかもしれへん」

水月に腕を摑まれ、足を止める。

「でも──」

彼を振り返ろうとして、繭子は壁に掛かっていた絵に気付いた。

「お母さん……？」

驚いて、思わずつぶやきが漏れた。

六尺はあろうかという大作には、桜の下で舞を舞う神子《みこ》装束の女性が描かれている。この世を憂え、諦め、疲れたような表情で舞う神子の顔は、繭子の母、天寧《あまね》に瓜二つ。

「これ……本当に空川先生の絵……？」

晴吉の描いた如意輪観音は慈愛に溢《あふ》れていて、繭子の似姿には少女らしい明るさがあった。母に似たこの絵からは、神に仕える神子でさえ、内面には闇を抱えているのだという矛盾と失望が隠されているような気がした。

繭子が漏らした言葉を聞いて、水月のまなざしが鋭《するど》くなる。

「繭子ちゃん、一旦ここを出よう。他の場所で話そう」

絵を鑑賞している来場者たちに会話を聞かれていないことを確かめ、水月が繭子の背中を軽く押す。山城に会釈をしたが彼は接客に忙しく、画廊を出ていく二人に気付かなかった。

寺町通を足早に歩き、新京極通《しんきょうごくどおり》まで来ると、水月は適当な喫茶店へ入った。

近付いてきた男性給仕に珈琲《コーヒー》を注文する。

椅子に腰を落ち着け、しばらくして珈琲が二つ運ばれてくると、水月が口を開いた。

「繭子ちゃん、さっきの言葉はどういう意味？」

呆然《ぼうぜん》としていた繭子は顔を上げた。

「空川先生は晴吉さんですけど、空川先生の絵は晴吉さんが描いたものではないと思います！」

「んんっ？　ちょっと待って、落ち着いて。よくわからへん」

焦って一気に説明しようとする繭子に、水月が両手のひらを向ける。

「ゆっくりでいいから」

「はい。ええと、画廊でご挨拶をさせていただいた空川隼爾先生は、私が六角堂で出会った里中晴吉さんでした。でも、晴吉さんは私と会ったことを秘密にしたいのか、初対面のふりをされました」

水月が「うん」と相づちを打つ。

「そして、空川先生の個展で販売されていた作品は、晴吉さんが描いたものではないように思うんです」

「その根拠は？」

　水月に問われて、繭子は言葉に詰まった。繭子は芸術のことはよくわからない。ただ、筆致は似ていても、晴吉の絵には温かさを感じ、空川が描いたとされている絵には冷たさを感じるのだ。

「晴吉さんの絵と空川先生の絵には、人が本当は美しいのかそうではないのかというような違いを感じるんです。肯定と否定の差というか……うまく言えないのですけど。でも、優しい絵も冷たい絵も、両方描く方だっていらっしゃるでしょうし……人の精神状態って一定ではないから……」

　説明をしたものの、だんだん自信がなくなってきた繭子を見て、水月も考え込む。

「俺は晴吉さんの絵を見ていないから、なんとも言えへんけど……今日会った空川氏が晴吉さんだということは理解した。空川氏を名乗っている晴吉さんが、本当は空川隼爾の作品を描いていないのだとしたら、緒方さんから聞いた話もあるし、描いたのは悟さんと考えるのが妥当やね……」

　水月の推測に、繭子は目の色を変え、身を乗り出した。

「お父さんが？」

「ちょっとややこしいことになってきたから整理しようか。空川隼爾として表に立っているのは里中晴吉。作品を描いているのは悟さんだとする。悟さんはなぜ、自分名義でない絵を描いているんやろう？」

「あの神子の絵、雰囲気は違うけど、顔はお母さんにそっくりでした。お父さんは、嫌々描かされているわけではないように思います。だって緒方さんは、愛をもって、死に別れた奥様の絵を描いていらっしゃいましたよね」

「悟さんも、嫌々やったら大切な妻の絵を描いたりしない……ってことやね」

藺子の推理に、水月が納得したように頷く。

「藺子ちゃんには黙っていたけど、晴吉さんと悟さんが住んでいる場所に心当たりがある」

「えっ！　本当ですか？」

「前に雪成が『星林文庫』に来たことがあったやろ？」

「はい。悪夢を食べてお腹の調子が悪いって……」

どうしてここで雪成の話が出てくるのだろうと思いながら、藺子は頷いた。

「あの時、雪成がお腹を壊した悪夢の主は晴吉さんやってん。雪成は『木ノ下』という男性に、同居人の『晴吉』という人の悪夢を喰ってほしいと依頼されて、嵯峨へ行ったって言うてた」

藺子は黙って、水月の言葉に耳を傾けた。

「あの日、繭子ちゃんは六角堂で『晴吉』っていう人に会ったやろ？　一日のうちに同じ名前を二回も聞くなんて、これってただの偶然やないんとちゃうやろかって不思議に思ってん。しかも『木ノ下』は繭子ちゃんと同じ名字や。俺は、悟さんは繭子ちゃんが『星林文庫』にいると知っていて、晴吉さんに様子を見に行かせた……という仮説を立てた」

「それじゃ、晴吉さんはなぜ、お父さんに頼まれて私に会いに来たって言ってくれなかったんでしょう……」

悲しい気持ちで、膝の上で両手を握る。

「悟さんは繭子ちゃんに居場所を知られたくなかった。空川隼爾の代筆者をしているからかもしれへん。晴吉さんの体を心配したり、頼み事をしたりできるぐらいやから、二人の関係は悪くないんやろう。どっちかがどっちかを脅《おど》しているわけやなく、利害が一致していると考えたほうが自然かな」

「利害ってなんでしょう？　そもそも、過去どの時点から、空川先生の絵は父の絵だったんでしょう？」

「確か、緒方さんが言うてへんかったっけ？　空川隼爾が京展に『龍と神子』を出品した前年にも、なんらかの作品を出品していたって。その絵の印象は覚えてへんって言うてはったから、緒方さんが気に留めるような作品やなかったってことやろう。おそらく、作品が悟さんのものに入れ替わったんは『龍と神子』からなんやないかな……。その頃、悟さんと晴吉さんの間に、何かあったのかもしれへん」

「何かってなんでしょう……」

父のことがわからず、繭子は不安で俯いた。母に送られてきた絵葉書には「画家として働いている」と書かれていた。どうして自分の名前ではなく、他人の名前で作品を発表することになったのだろう。

それに、繭子の居場所を知っているのなら、なぜ会いに来てくれないのだろう。代筆者をしていることだけが理由なのだろうか。

（お父さんは私に会いたくないのかもしれない……。私はお父さんに嫌われていたのかな……。だから、家を出ていってしまったのかな……）

唇を噛《か》んでいる繭子に、水月が優しく声をかけた。

「そんな悲愴な顔したらあかん。悟さんの居場所はわかってる。繭子ちゃんが望むなら会いに行くこともできるけど……君はどうしたい？」

繭子は顔を上げた。父の本音を知るのは怖い。けれど、繭子は父に母の最期の願いを伝えて、どうして二人を置いて出ていったのかを問いただささないといけない。

「私……本当のことを知りたいです」

「うん、わかった」

きっぱりとした口調で答えた繭子を見て、水月は頷き、にこっと笑った。

＊

大雨が降った翌日、嵐山は曇り空だった。川の水量は増えており、天気もはっきりとしない中、物見遊山《ものみゆさん》の客は多く訪れている。

これから父に会うのだと思うと緊張し、景色を楽しむ余裕もなく、繭子は黙って水月の後について歩いた。

表通りから一歩入り、ひとけのない竹林の小道を行く。しばらくして、正面に質素な門が見えてきた。水月が指を差し、

「あそこやで」

と、短く告げる。

竹垣から中を覗くと、平屋の家の縁側《えんがわ》に青年が座っていた。写生帳を傍《かたわ》らに置き、小刀で鉛筆を削っている。

「晴吉さん」

思わず名前を呼ぶ。

距離があるのに、まるで繭子のつぶやきが聞こえたかのように、晴吉がこちらを向いた。驚きの表情を浮かべ、固まっている。

水月は晴吉に会釈をすると、勝手に木戸を開けた。すたすたと中へ入っていく。

「こんにちは。先日、画廊でお会いした時はあまりご挨拶できずにすみません。空川先生」

水月は晴吉の前まで行き、そう言って軽く頭を下げた。すぐに顔を上げ、晴吉の目を見つめる。

「それとも、晴吉さんとお呼びしたほうがいいんやろか？」

水月の問いかけに、晴吉が息を呑んだ。繭子に視線を向けた後、ばつの悪い様子ですぐに逸《そ》らした。

「空川隼爾先生は、晴吉さんだったのですね」

繭子がそっと確認すると、晴吉は観念したように小さく頷いた。

「私は人と接するのが苦手なのです。できるだけ、私が空川隼爾だと知られたくなくて――」

言い訳をする晴吉の言葉を、繭子は遮《さえぎ》った。

「あなたは父と同居しているのですよね？　どうして六角堂で会った時に言ってくださらなかったのですか？　私、あの時、父――木ノ下悟を捜しているって話しましたよね？」

つい、責めるような口調になってしまう。晴吉は答えようとしない。

ここへ来るまで、どのように晴吉に尋ねたら本当のことを話してくれるだろうと考えていた。こちらの事情をもう一度説明して、丁寧《ていねい》な口調でお願いして……などと思っていたことは全部頭から飛び、繭子は畳みかけた。

「父もここにいるんですよね？　空川隼爾先生の絵を、代筆しているんですよね？　父に会わせてください」

「……あなたのお父さんのことは知りません」

「嘘！」

繭子は声を荒らげ身を乗り出した。水月が繭子の肩を押さえる。

『繭子ちゃん、落ち着いて』

頭の中に水月の声が聞こえたが、繭子は引き下がらなかった。家の中に向かい、声を張り上げる。

「お父さん！　お父さん、いるんでしょう？　繭子です！」

繭子は水月の手を振り払った。縁側に身を乗り出し、家の奥を窺う。

「悟という人はいない！」

晴吉が乱暴に繭子を突き飛ばした。晴吉に触れられ、繭子は彼の本心を悟った。

『悟さんに会わせるわけにはいかない。彼が私の代筆をしていたことが世間に知られたら、私が今まで築き上げてきたものが壊れてしまう……！』

藺子はキッと晴吉を睨《にら》み付けた。

「やっぱり、お父さんはここにいるんですね！　あなたの代筆をしているんですね！　自分が描いた絵じゃないのに、自分の作品だって言って、恥ずかしくないんですか！」

晴吉を責めると、藺子は草履《ぞうり》を蹴り飛ばす勢いで脱ぎ、縁側に上がった。父を捜しに家の奥に向かおうとした藺子の手を、晴吉が摑む。あまりの強さに、藺子は顔をしかめた。

「痛っ！」

「やめろ！」

藺子を助けようとした水月を、晴吉が蹴り飛ばした。受け身を取り損ねた水月が倒れ、敷石に頭をぶつける。

「水月さん！」

藺子は悲鳴のような声で名前を呼んだ。

「大丈夫」

水月は頭を押さえながら立ち上がった。額から少し血が出ている。

「君に、私の何がわかる……」

呻《うめ》くような低い声が聞こえ、次の瞬間、藺子は晴吉に首を摑まれていた。

『誰も彼もが私を馬鹿にする。なぜ私は認められない！　松木《まつき》君も渋谷《しぶや》君も芳河《よしかわ》君も、皆、賞を取って認められた！　私と何が違う！　私のほうが努力しているじゃないか！　何が「凡庸《ぼんよう》な絵」だ。何が「田舎者の落書き」だ！　お前らの絵だって似たようなものじゃないか！　先生に媚《こ》びるのがうまいだけだろう！　卑怯者《ひきょうもの》どもが！　結局、君も同じだ！　私の絵を温かいと言ったのに、その口で私を否定した！』

喉を締め上げられて息ができない。繭子は晴吉の手を掴んだ。必死に引き剝《は》がそうとしたが、男の力は強くて逃げられない。

（やだ……！　せっかくお父さんと再会できるのに！　私、こんなところで死ねないっ……）

「繭子を離せ！」

水月が縁側に飛び乗り、晴吉を殴り飛ばした。倒れた晴吉の指先に小刀が触れる。晴吉はそれを掴むと、素早く起き上がって水月に突進した。扇子を帯から引き抜こうとした水月の動作は間に合わず、腹部に刃が突き刺さる。ぽとりと、畳に扇子が落ちた。

「水月さん！」

咳き込んでいた繭子は、蒼白《そうはく》になって水月に駆け寄ろうとした。その前に、晴吉が立ちはだかる。虚《うつ》ろな瞳を向けられて体が震えた。

「嫌だ、水月さん、水月さん、水月さん……」

母が死んで、水月は受け入れてくれた。藺子は一人ぼっちになった。「しっかりしないと」と気を張っていた藺子を、水月は受け入れてくれた。彼まで失うなんて堪《た》えられない。

藺子の声に呼応するかのように、空がにわかに薄暗くなった。不吉な音が鳴り始め、雨粒がぽつと落ちた次の瞬間、滝のような豪雨《ごうう》に変わった。突然の天候の変化に驚いたのか、晴吉の動きが止まる。

目を刺すような光が輝き、耳をつんざく雷鳴とともに、間近に雷が落ちた。

晴吉が呆然としている間に水月が扇子を拾い上げ、片手で一気に開き、勢いよく振った。

台風もかくやという強風に吹き飛ばされた晴吉は、壁に強《したた》かに体を打ち付け、くずおれた。

「藺子ちゃん！」

水月が藺子を呼んだが、激しい雨の音に掻き消されて聞こえない。駆け寄ってきた水月を見上げ、藺子は弱々しく問いかけた。

「水月さん、怪我は……」

「俺のことはええから」

水月が繭子の体を抱きしめた。その温かさにほっとした途端、体から力が抜け、繭子の視界が暗転した。

＊

「お父さん！　あれなぁに？」

繭子は小さな手で、水辺に生える植物を指差した。垂直に伸びた葉の間に、円柱状の穂が付いている。

石の上に座って写生帳を広げ、絵を描いていた父が顔を上げた。

「ああ、あれは蒲《がま》の穂《ほ》って言うんだ。お花だよ」

「お花？　繭子の知ってるお花と全然違う」

繭子はきょとんとした。

着流し姿で長い髪を首の後ろで結んでいる父、悟が、繭子に微笑みを向ける。

「お花にも、いろんな色や形があるんだよ。人間と一緒さ」

「ふぅん」

繭子は水辺に身を乗り出し、蒲の穂を摑もうと手を伸ばした。悟が写生帳を地面に置き、繭子の体をひょいと抱き上げる。

「危ないよ。美倭湖《びわこ》に落ちてしまう」

「繭子、悟さん」

可憐《かれん》な声が二人を呼んだ。母の姿に気付いた繭子は、

「お母さん！」

と、明るい声を上げた。

悟が繭子を地面に下ろす。繭子は母――天寧のもとへ走り寄った。

「ご用事、済んだ？」

天寧の足にしがみついて顔を見上げ、尋ねると、天寧は「ええ」と頷いた。

悟も近付いてきて、気遣うように天寧を見つめる。

「お医者様はなんて？」

「少し熱が出ているだけですって。滋養《じよう》の付くものを食べて、ゆっくり休めばすぐに体調は良くなるでしょうって言われました」

天寧が夫に笑みを向ける。

「それならよかった」

悟がほっとしたように息を吐く。

「君は体が弱い。それなのに人の面倒ばかり見ようとする。今回の熱だって、隣の家の子にうつされたんだろう？」

非難がましく言う悟と対照的に、天寧は優しい笑みのままだ。

「隣の奥様がつわりでつらそうだったから、少しの間、上のお子さんを預かってさしあげただけです。ふふ、お隣の清《きよし》ちゃんは、やんちゃで可愛らしいんですよ」

ふわふわと笑う妻を見て、悟は小さく溜め息をついたが、すぐに表情を和らげた。

天寧と肩を並べて歩きだす。

「繭子、お父さんと何をしていたの？」

天寧に問われて、繭子は元気よく答えた。

「お花を見てた！　茶色いお花！」

「茶色いお花？」

小首を傾げた天寧に、悟が繭子の言葉を補足する。

「蒲の穂だよ。美倭湖のほとりに生えているだろう？」

「そういえば、時期ですね。繭子、蒲の穂は綺麗だった？」

繭子は「うーん」と難しい顔をした。

「あんまり綺麗じゃなかった」

素直な感想を聞いて、悟が笑う。

「お父さんは、お花は人間と一緒って言ってた。人間みたいに、いろんなお花があるんだって。繭子はどんなお花かなあ？」

無邪気な問いかけに、悟は「そうだね」と考え、

「藺子は蒲公英《たんぽぽ》かな」

と答えた。

「太陽のように明るい。藺子には蒲公英色がぴったりだ」

「それじゃあ、お母さんは？」

「天寧は……桜かな。清くて美しくて儚《はかな》い」

「褒めすぎです」

夫の言葉に天寧が恥じらう。頬に両手を当て赤くなっている天寧に、悟が優しいまなざしを向けた。仲の良い両親の姿を見て、藺子は嬉しくなる。

「あの……奥様」

突然、背後から声をかけられた。三人が振り返ると、老婆が立っていた。ひっつめた髪は白く、袖がすり切れた木綿《もめん》の着物を着ている。体臭がツンと鼻をついた。

天寧が、

「おばあさん、こんにちは」

と、挨拶をした。藺子も行儀よく頭を下げる。悟だけが怪訝《けげん》な表情を浮かべ、老婆に鋭《するど》い視線を向けた。

「あの……実は、孫がまた体を壊しまして……」

老婆が遠慮がちに天寧に話しかけると、天寧は「まあ」と口元に手を当て、心配そうな顔をした。

「お孫さん、大丈夫ですか？　お体が弱いというお話でしたものね。今は手持ちが少なくて、僅《わず》かですがこれを……」

天寧は提《さ》げていた巾着袋の中から財布を取り出すと、老婆にお金を差し出した。

老婆が天寧を拝む。

「おおきに、おおきに」と、礼を言いながらお金を受け取ろうとした老婆の手首を、悟が握った。

「何をしているんですか」

老婆に低い声音で問いかける。老婆はびくっと体を震わせ、悟を見上げた。

「悟さん。この方はご主人様と娘さんご夫婦を流行病《はやりやまい》で亡くされて、お孫さんと二人で暮らしていらっしゃるそうなのです。そのお孫さんもお体が弱く、病がちであられるとか」

天寧が悟の腕を押さえて、老婆の事情を説明する。

「天寧、それは違う」

悟の言葉を遮るように、老婆が「痛い痛い」と声を上げた。ハッとして、悟が老婆を離す。

天寧が「ごめんなさいね」と謝り、あらためて老婆の手にお金を握らせた。

老婆は頭を下げた後、背中を向けて逃げるように去っていった。

同情のまなざしで老婆を見送る天寧の隣で、繭子は「おばあちゃん、今日もしんどそうだった」と思った。天寧は繭子と一緒に買い物に出た際、この道を通るたびに老婆にお金を渡していたので、繭子も老婆のことを知っていたのだ。

「天寧」

悟が硬い声で妻の名を呼ぶ。振り返った天寧に、厳しい口調で注意した。

「あの老婆に孫はいない。彼女は嘘をついているんだ。騙《だま》されてはいけない」

「けれど、大変な身の上であることは間違いありません」

にこっと笑ってそう答えた天寧を見て、悟の表情が悲しげに歪《ゆが》む。

天寧が悟の右手に自分の左手を重ねた。悟は弱ったように小さく息を吐いた後、
妻の手を握った。

繭子も甘えるように母と手を繋ぎ、家族は仲良く帰途についた。

悟が働きに出て、天寧が隣人の妊婦の世話をしている間、繭子は近所の神社へ遊
びに行った。「ひとけがないから一人で行っては駄目よ」と天寧に注意されていた
が、清から「あの神社には猫がたくさんいるんだぞ」と教えられて、どうしても見

たくなったのだ。

階段を上がり、鳥居を潜る。それほど広くはない境内《けいだい》に、拝殿と本殿が建っていた。

「猫ちゃん、どこ……？」

繭子は周囲を見回した。きょろきょろしながら本殿に近付くと、賽銭箱《さいせんばこ》の上にキジトラの猫が座っていた。

「見つけた！」

嬉しくなって手を伸ばしたら、猫は身軽に飛び下り、本殿の裏へ逃げていった。

「あっ、待って！」

慌てて後を追いかける。

すると、「おお、よしよし」と声をかけながら、猫の輪の中に立つ老婆がいた。天寧がいつも気遣っている老婆だ。何か餌《えさ》を撒《ま》いているのか、猫たちは地面に顔をつけている。

「おばあちゃん！」

見覚えのある老婆だったので、繭子は警戒心もなく駆け寄った。老婆が振り向き、驚きの表情を浮かべる。

「お嬢ちゃん」

「おばあちゃん、猫ちゃんにご飯をあげているの？　繭子もあげていい？」

無邪気にお願いする繭子を見て、老婆は目を細めた。

「いいよ。今日はお母さんはどうしたんだい？」

「お母さんはね、お隣のおばちゃんのおうちにいる。お隣のおばちゃん、お腹がおっきくて大変なの」

「おやまあ、そうなのかい」

老婆は優しく繭子を見下ろすと、「いつも私もごめんねぇ」と申し訳なさそうに言いながら、椀を差し出した。中には残飯が入っている。

繭子はそれを摑むと「えいっ」と猫に向かって投げた。猫たちが餌に群がる。

「いっぱい来た！　ふふっ！」

楽しくなり、どんどん餌を撒く。あっという間に椀の中は空になった。

「おばあちゃんは、いつもここで猫ちゃんにご飯をあげているの？」

目をきらきらさせて聞いたら、老婆は頷いた。

「でもねえ、今日で最後かもねえ……」

「そうなの？　繭子、また猫ちゃんにご飯あげたい」

繭子のお願いに老婆は困ったように笑い、しわしわの手で頭を撫でた。

——それから、繭子が何度神社を訪れても老婆の姿はなく、猫の数もどんどん減り、静かな境内が怖くなった繭子は、ぱったりと行くのをやめた。

老婆の姿は町中でも見かけなくなった。老婆が物乞《ものご》いをしていた場所を通るたび、天寧は心配そうに彼女の姿を探していた。

ある日、再び体調をくずした天寧を連れて、繭子は悟とともに病院へ向かった。夏風邪だと診断を受け、三人で家へ帰る途中、道の端に野次馬ができていた。

「まあ、何ごとでしょう」

天寧が不思議そうに目を向ける。

「繭子、見てくる！」

「待ちなさい、繭子！」

父の制止の声を無視して、繭子は野次馬のもとへ行くと、大人たちの足の隙間《すきま》から輪の中へ入った。

「大丈夫なのか？」

「死んでるのかしら。気の毒に」

「誰か確かめてこいよ」

「流行病だったらどうするんだ」

頭上から大人たちの囁《ささや》き声が聞こえる。

足の間からひょいと顔を覗かせると、輪の中央に見覚えのある老婆が倒れていた。

「おばあ……ちゃん？」

老婆はぴくりとも動かない。子供心に異変を感じ、繭子は棒立ちになって、ただ老婆の姿を見つめた。

「繭子！」

悟の声がして、繭子は振り返った。人垣をかき分けて繭子のもとまで来た悟は、突っ立っていた繭子の体を抱え上げた。

「見たら駄目だ」

繭子の頭を胸に押しつけ、視界を塞《ふさ》ぐ。

誰かの「死んでるのかしら」という声を思い出し、繭子の体が震え始めた。

（おばあちゃん、死んじゃったの？　本当？　どうして皆、おばあちゃんを助けないの？）

知っている人の死を初めて目にして、繭子は今までに経験したことのない恐怖を感じた。

悟の顔を見上げると、悟は苦しそうな表情で老婆を取り囲む人々を睨んでいた。

「お父さん？」

悟までが怖い雰囲気を出していて、繭子は父にしがみついた。その時、突然、繭子の脳裏に声が聞こえた。

『あの人は、天寧からお金を騙し取っていた。報いを受けたんだ。だけど、彼女があんな亡くなり方をする必要はあったのか？　彼女だとて、好きで貧しい生活をしていたわけではないだろう。哀れな彼女を気の毒だと思うなら、抱き上げてやれ。汚いって？　触りたくないって？　そんな言葉は、死者への冒瀆《ぼうとく》だ』

「お父さん、ぼうとくってなに？」

なんだかとても嫌な言葉のような気がして、繭子は父に問いかけた。悟が怪訝そうに繭子を見る。

「繭子、今なんて？」

「お父さんも、なんでおばあちゃんを抱いてあげないの？」

悟は信じられないと言うように目を見開き、繭子を凝視した。唇を噛んで顔を俯け、繭子の頭をぎゅっと抱え込む。人を肩で突き飛ばしながら、悟は足早にその場を離れた。

悟の腕の中で、繭子はもう一度、父の声を聞いた。

『俺もあいつらと同じだ。……いや、あいつらよりもひどい。彼女の死は当然の報いだと考えながら、悼《いた》むふりをしている。彼女を抱き上げてもやらないと他人を責めるくせに、自分は動かない。腹の黒い生き物だ』

それからしばらくして、悟は、繭子と天寧のもとから姿を消した。

＊

「おとう……さん……」

繭子がゆっくりと瞼《まぶた》を開くと、水月の姿が視界に入った。

「よかった……！　目を覚ました……！」

ほっとしたのか、水月は繭子の手を握りしめ、額に当てた。

「水月さん……？　私……」

自分は何をしていたのだろう。なんだか喉が痛い。

こほっと咳《せき》をすると、水月が繭子の顔を覗き込んだ。あまりの近さに驚いて、繭子はそこでようやく、水月が自分を膝に乗せ、横抱きしていることに気が付いた。

「大丈夫？　息苦しい？」

『繭子ちゃんに何かあったら、晴吉を絶対に許さへん。骨が折れるぐらい、もっと徹底的に吹っ飛ばしてやればよかった』

水月の静かな怒りの声が頭の中に響き、繭子の記憶が一気に蘇《よみがえ》る。

（そうだ、私、晴吉さんに殺されそうになったんだ。水月さんが刺されて……）

　こんなふうに抱かれていては、水月の傷に障る。慌てて立ち上がろうとした繭子の肩を、水月が強く押さえた。浮かせかけた体が、彼の膝の上に戻る。

「まだ立ったらあかん」

「でも、怪我がひどいのは水月さんのほうですよね？　晴吉さんに刺されて……」

　泣きだしそうな気持ちで尋ねると、水月は繭子を安心させるように微笑んだ。

「大丈夫。これぐらい平気」

「本当に……？」

「彼の傷はそれほど深くなかったから、心配しなくていいよ」

　不意に、水月ではない男の声が聞こえた。

（この声……）

　とうに記憶の彼方にいってしまって、覚えていないと思っていた声なのに、耳にした途端、懐かしさで胸がいっぱいになった。

　声のした方向へ顔を向けると、顔立ちは整っているが、どこか陰を感じさせる風《ふう》貌《ぼう》の男性が、隣の部屋との境目に座り、繭子を見つめていた。昔は髪が長く、いつも着物姿だったその人は、今は断髪し洋服を着ている。

「お父さん……！」

藺子は震える声で父を呼んだ。水月の膝から立ち上がろうとしてふらつき、四《よ》つん這《ば》いになって、そばへ行く。

「やっと会えた……」

目から、ぽろぽろと涙がこぼれ出す。

一人志賀《しが》から出てきて、父を捜し続けた。ようやく再会できて、喜びが溢《あふ》れる。

「お父さん、お父さん……私ね、会えたら伝えたいことがあったんだよ。お母さんがね……」

母が最期に願った「父ともう一度会いたかった」という言葉を伝えようとしたら、悟は藺子の唇に触れるか触れないかのところで、揃《そろ》えた指をこちらに向けた。

「言わなくていい。もうわかったから。――天寧は、死んでしまったんだね」

「えっ」

何も言っていないのに、どうしてわかったのだろうと考えて、「水月さんが話したんだ」と気が付く。水月を振り向いて目で問いかけたら、彼は「違う」と言うように首を横に振った。

「……？」

不思議に思いながら父に視線を戻す。藺子のまなざしを受けて、悟は悲しそうに微笑んだ。

「君が何も言わなくても、俺には繭子の考えていることがわかる。それがどういう意味か、繭子にはわかるだろう？」

悟の言葉が、地面に染み込む雨のように繭子の心の中に広がって、ゆっくりと理解が追いついていく。

「もしかして、お父さんも他人の心の中が読めるの……？」

繭子はサトリの子孫。ならば、父がその血筋だったのか。

「でも、お父さんは私に触っていないよ……？」

「俺は、体に触らなくても相手の考えていることがわかる」

悟が水月に目を向ける。

混乱している繭子と対照的に、水月は落ち着いた表情で悟を見つめている。

「君は気付いているようだね。さっきから声が聞こえる」

「俺が初めてあなたに会った日、あなたは家の中にいながらにして、俺の心を読んだのですね。俺が木ノ下悟を捜していると知ったから、偽名を使って追い返したんや。それだけ強い力を持つあなたは、サトリ——正真正銘のモノノケなんと違いますか？」

水月の推測に、悟は自嘲《じちょう》の笑みを浮かべた。

「そうだよ。今だって、君の考えていることが手に取るようにわかるよ。……君は怒っているね」

　繭子は驚いて水月を振り返った。挑発された水月の眉がぴくりと動く。水月は淡々とした声で答えた。

「ええ、怒ってますよ。腹の底からね」

　そしてやにわに立ち上がると、素早く悟に近付き、胸ぐらを摑んだ。

「なんで繭子ちゃんを置いて出ていかはったんです？　親やったら、子を大切にしぃひんとあかんでしょう！」

　いつも穏やかな水月が初めて荒らげた声に、繭子の体がびくっと震えた。

　悟は、まるで最初から、水月の動きがわかっていたかのように動じていない。

「繭子のためではない、君の個人的な怒りを、俺にぶつけられても困る」

　水月が息を吞む。背筋を伸ばしたまま、悟は続けた。

「俺は君の母親ではない。偽善ぶるのはやめなさい」

　水月の手から力が抜けていく。悟は彼の手を払うと、シャツの胸元を整えた。

　立ち上がり、項垂《うなだ》れた水月を哀れむような瞳で見下ろす。

「俺が家を留守にしている間に、繭子を守ってくれたことには心から礼を言うよ。ありがとう」

　そう言い残して、悟は部屋を出ていった。

「水月さん……？」

藺子は水月ににじり寄った。畳の上で両手を握りしめている、水月の顔を覗き込む。

水月のつらそうな表情に胸が苦しくなり、思わず手を伸ばすと、彼は低い声でつぶやいた。

「触らんといて」

拒絶の言葉を聞いて、藺子は心臓を突き刺されたような気持ちになった。

（痛い。——苦しい）

晴吉に首を絞められた時よりも、息ができない。

ガタンと、玄関で音がした。

水月がハッとして振り返り、すぐさま立ち上がる。

部屋を飛び出し、玄関に向かった水月を、藺子は慌てて追いかけた。

「逃げられたか……！」

庭の向こうで、木戸が揺れている。

（もしかして、お父さんは晴吉さんを連れて逃げたの？）

父はなぜ、空川隼爾の代筆者をしていたのだろう——

第五章

　嵯峨《さが》での騒動から一ヶ月が経った。もうじき七夕だ。『星林文庫《せいりんぶんこ》』の入り口に吊《つる》された風鈴が、時折涼やかな音を立てる。帳場《ちょうば》に座りうちわで顔を煽ぐ繭子《まゆこ》の傍《かたわ》らで、仙利《せんり》が暑さで伸びている。

「繭子ちゃん」

　名前を呼ばれて振り返ると、水月《すいげつ》が立っていた。

「ちょっと出かけてくる。店番よろしゅう」

「どちらへ行かれるのですか？」

　上がり框《がまち》に座り雪駄《せった》を履く水月に尋ねる。

「甚五郎《じんごろう》さんのところへ」

　水月は立ち上がってひらりと手を振ると、『星林文庫』を出ていった。

　晴吉《せいきち》に刺された水月の怪我はほぼ治り、今では体も態度も普段どおりの彼に戻っている。嵯峨の家で彼が何を考え、何に苦しんでいたのかは、わからないままだ。

藺子はうちわを置き、帳場机に肘《ひじ》をついて顎を支えた。

父を見つけ出して母の最期の願いを届けるという目的は果たしたものの、父の真意は聞けなかった。

どうしても父のことが気になり、藺子は水月に頼んで、あの後、何度か嵯峨へ連れていってもらった。もしや二人が戻っているのではないかと期待したが、嵯峨の家は無人のままだった。

鍵は掛かっていなかったので、手がかりを探して家の中にも入ってみた。以前、雪成《ゆきなり》が目にしたと話していたとおり画室があり、何枚もの日本画が見つかった。同じ構図でも、晴吉が描いたのだろうと推測できる絵と、悟《さとる》が描いたのだろうと推測できる絵があり、見比べると、筆致が似ていても違いがよくわかった。

(お父さんは本当に、空川隼爾《そらかわじゅんじ》の代筆をしていたんだ)

それがなぜなのか、真相がわからないままなのはすっきりしないが、水月の時間を奪って、何度も嵯峨の家に連れていってもらうわけにはいかない。

「逢津《おおつ》へ帰ろうかな……」

藺子のつぶやきが聞こえたのか、仙利の耳がぴくりと動いた。

(これ以上、お父さんを捜すのは無理なのかもしれない……)

藺子が京都にいることを知っていても会いに来ず、実際に再会したのに逃げてしまった。悟は繭子と話をするつもりがないのだと思い知らされた。

あの日、悟に厳しい言葉をかけられて項垂《うなだ》れた水月に触れようとした時、彼に拒絶されたことも心の傷になっている。

水月は、繭子に心の中を読まれることが怖くなったのかもしれない。

人は時に、顔では笑っていても、腹のうちでは別のことを考えている。

水月は微笑《ほほえ》みながら、内心では繭子を疎《うと》んじているのかもしれない。

彼に怖がられるぐらいなら、離れたほうがいい。これ以上迷惑をかけたくないし、彼に嫌われるなんて堪《た》えられない――

「……呉服屋《ごふくや》のご夫婦に頼んだら、また雇ってもらえるかな……」

繭子は帳場机の上にうつ伏せた。

そのままじっとしていたら、「すみません」と声をかけられた。客だろうかと思い、慌てて顔を上げると、涼やかな紗《しゃ》の着物を着た女性が日傘を畳んで『星林文庫』に入ってくるところだった。

(わ、綺麗《きれい》な人……)

瓜実顔《うりざねがお》で切れ長の目をした女性は、品のいい若奥様という風情《ふぜい》だ。まっすぐにそばまで来て、繭子の顔をじっと見つめた。

「あ、あの……いらっしゃいませ」

美しさに気圧《けお》されながら挨拶《あいさつ》をする。

女性は瞳を動かし、誰かを探すように町家《まちや》の奥を覗いた。

(水月さんを探している？　もしかして、この人が水月さんの恋人？)

そう推測した途端、なぜだか胸がきゅっと痛くなった。

女性は再び繭子に視線を戻すと、形のいい唇を開いた。

「水月はいいひんの？」

「あっ……は、はい。今、留守中で……」

親しげに名前を呼ぶ女性に教える。

「……自由に出歩ける身になったから、会いに来たのに」

残念そうに、ふぅと小さく息を吐く。

「あなたは水月さんの、こ……」

繭子は一瞬口をつぐんだが、やはりきちんと言っておかなければと言葉を続ける。

「水月さんの恋人さんでしたら、いらしたことはちゃんとお伝えしておきます」

女性は瞬《まばた》きをした。真剣な表情の繭子を見て、くすっと笑った。

「それはちゃうよ。うちは水月の姉どす」

「え？　お姉さん……？」

藺子はぽかんと口を開けた。水月に姉がいたなんて知らなかった。

びっくりしている藺子の顔が面白かったのか、女性が袖で口元を押さえて笑った。

「そないに驚かはると可笑《おか》しいわぁ。あなた、可愛《かわい》らしい子やね。水月が雇うてるっていうお嬢さんやろ？」

「はい、そうです」

心の中で「……今のところは」と付け足す。

「うちは小絲《こいと》て言うねん。ちょっと座ってもええ？」

藺子の隣を指差し尋ねる。藺子はこくんと頷いた。

反対側にいる仙利の耳がぴくぴくと動いている。目を瞑《つむ》りながらも二人の会話を聞いているようだ。

「今日は暑いどすなぁ」

「そうですね」

世間話をするつもりだろうかと相づちを返すと、小絲は遠い目をして続けた。

「こんな日は思い出すわぁ。水月が妓楼《ぎろう》に乗り込んできた日のこと」

「妓楼？」

藺子は思わず大きな声を上げた。

以前、水月と一緒に行った遊郭《ゆうかく》の風景が脳裏《のうり》に蘇《よみがえ》る。

（水月さん、妓楼に入ったことがあるの？　いやでも、水月さんだって男の人だし……）

衝撃を受けて固まっている繭子に、小絲が「あらあら」と悪戯《いたずら》っぽく声をかける。

「初心《うぶ》な子やね。妓楼を知らへん？」

「知っています……」

「うちな、元娼妓《しょうぎ》やねん」

さらりと小絲の口から出た言葉に、繭子は再び衝撃を受けた。

「小絲さんが？　では水月さんは、お姉さんのいる妓楼に通っていたのですか？」

なんらかの家庭事情で、小絲は遊郭に入っていたのだろうか。

「わけがわからへんって顔してはるね。ほなちょっと昔語りをしてあげまひょか」

小絲は居住まいを正すと、過去を語り始めた。

「うちのおかあはんは娼妓やってたん。お客はんとの間にうちができて、仕事柄育てることはできひんし、養育費を払う代わりに、農家に預けはったんよ」

繭子は黙って小絲の話に耳を傾けた。

「ほんで、うちが三歳になった時、水月がやって来た。水月のおかあはんも、うちのおかあはんと同じ妓楼の娼妓でな、やっぱりお客はんとの間に子ができて、しゃあないから、農家の奥さんに預けはった。そやから、うちと水月は姉弟やていうても血は繋がってへん。ゆうならば、乳姉弟《ちきょうだい》やね」

(なるほど。水月さんと小絲さんは、そういう間柄だったんだ)

心の中で納得する。

「お金をもろて預かってるだけの余所《よそ》の子の上、うちも水月もちょっと変わってたから、農家の奥さんからは必要最低限の育児しかされへんかってん。そやし、姉弟で助け合うようになったんよ」

懐かしむように、小絲の口元に笑みが浮かぶ。

「うちの本当のおかあはんは、まめなお人でな、よう手紙を送ってくれはった。うちに、情を持ってくれてはったんやろうね。けど、水月のおかあはんは、そうやなかった。水月はそのことをえらい気にしてた」

小絲が小さく嘆息《たんそく》する。

「うちのおかあはんは、うちが十二の時に亡くなってしまわはってん。仕送りも途《と》絶《だ》えてしまったし、そうなったら、うちは、農家の奥さんにとってはいらん子や。妓楼に返すことにしはってん。要は売らはったってことやね」

「そんな無責任な……!」

憤然とする繭子に、小絲はなんでもないように笑う。

「まあしゃあないわなぁ。もともとお金のために引き取って、あんまり可愛がってへんかった子なんやし。うちは実のおかあはんのいはった妓楼に買われたけど、まだ幼かったから、娼妓さんたちのご飯を作ったりお洗濯したりする下働きから始めることになってん。ほんで、水月とは別れ別れになった」

一旦言葉を止めると、小絲は繭子をじっと見つめた。

「あなた、水月と一緒に住んでるんやったら、知ってはるんやろ？」

小絲の言わんとしていることに、繭子はすぐにピンときた。

「水月さんの天狗《てんぐ》の力……？」

特に肯定はせず、小絲が話を続ける。

「うちが妓楼に入ってしばらくして、水月が遊郭に来てん。夏の暑い日やったわ。水月は早《はよ》うから天狗の力を持ってたし、農家の奥さんや村の人たちから気味悪がられてたから、うちがいなくなって、ますます居づらくなったんやろね。本当のおかあはんも恋しくて、会いたいって言うて訪ねてきたんよ。でもなぁ、縁切られてる子やし、会えへんわなぁ。ほんで、水月はうちに泣きついてきた。妓楼に入れてほしい、おかあはんに会わせてほしいって。可愛い弟の頼みやで。叶えてあげたいて思うんが、姉心や」

小絲は当時の気持ちを思い出したのか、悲しそうに微笑んだ。

「妓楼生まれの実子ですら、娼妓が住んでる二階には上がったらあかんって言われてる。そらもう、細心の注意を払って、水月をおかあはんの部屋に入れてあげたんよ。そしたら、間の悪いことに、おかあはんは接客中やった。水月はびっくりしたんやろね。おかあはんが乱暴されたはるて思うて、天狗の風で、相手の男はんを吹き飛ばして、気絶させてしまったんよ」

壮絶な状況だったのだろうと想像して、繭子は膝の上でぎゅっとこぶしを握った。

「きっと『おかあはん』って呼びもしたと思うねん。水月のおかあはんは、水月が自分の子供やって気付かはったけど、こう言わはった。『あんたなんかうちの子やない。化け物！　出ていけ！』ってなぁ」

「そんな……」

繭子の目に涙が浮かぶ。こぶしを強く握りすぎて、爪が手のひらに食い込んだ。

「そっから後は、堕《お》ちるばっかり。水月はモノノケの力を使って賭場《とば》の用心棒したり、人様から盗みをしたり。……うちはあの子に、なんもできひんかった」

悔やむように、小絲が目を伏せる。けれどすぐに顔を上げ、微笑んだ。

「でも、鷹松《たかまつ》さんってお人に拾われて、学を付けてもろて、立派な小説家になった。うちは誇らしいえ。うちのことまで気遣《きづか》ってくれて、ほんまにええ男になった……」

小絲の切ないようなまなざしを見て、繭子はふと、彼女が水月に対し、姉以上の想いを抱いているのではないかと思った。

「あの……どうして私にそんな話を？」

水月に無断で、個人的な事情を聞いてよかったのだろうか。

「水月があなたを大事にしてるみたいやから、知っておいてほしいなて思うてん」

小絲は優しく笑うと、立ち上がった。

「ほな、うち、そろそろ帰るわ。あんまり外に出てると、旦那《だんな》はんが心配しはるから」

硝子戸《がらすど》まで歩いていき、忘れ物をしたというような顔で振り返る。

「あなたのお名前、なんていうん？」

「木ノ下《きのした》繭子です」

「繭子ちゃん。水月のこと、よろしゅうね」

小絲はそう言い残すと、『星林文庫』を出ていった。

再び無人になった店内で、繭子は姉弟のことを思いぼんやりとしていたが、ふと、傍らにいる仙利を見下ろした。

「……仙利さんは、水月さんの事情を知っていましたか?」

眠っているふりをしていた仙利が目を開ける。

「もちろん。儂《わし》は水月の保護者じゃからな」

繭子は手を伸ばすと、仙利の背中をゆっくりと撫《な》でた。仙利が本物の猫のように、ゴロゴロと喉を鳴らした。


西陣《にしじん》の自宅へ帰ろうと通りを歩いていた小絲は、六角堂《ろっかくどう》の門前で立ち止まった。お参りでもしていこうかと思い立ち、境内《けいだい》に入る。柳《やなぎ》の枝が静かに風に揺れている。

本堂に歩み寄り、瞼《まぶた》を閉じて合掌する。目を開けた後、裏表に返しながら自分の手を見つめた。

この指先から糸が出ることに気が付いたのは、いつの頃だっただろう。

「子供の時分は、よう指に糸が絡んで動かせへんようになってたなぁ」

そのたびに、水月が丁寧に切ってくれた。

妙な力を持つ者同士が偶然にも姉弟になって、支え合って生きてきた。

けれど、水月にはあの子がいる。自分はもう必要ない。

小絲も結婚し、伴侶《はんりょ》ができた。夫は優しい。小絲を大事にしてくれる。自分はきっと幸せになる。だから水月への想いはこの先も封じたまま、生きていこうと思っている。

小絲は踵《きびす》を返すと、背筋を伸ばして六角堂を後にした。


コンコンと扉を叩く音で、水月は顔を上げた。

振り返ると、書斎の入り口に、甚五郎が立っている。

「何かわかったか？」

鷹松家別邸の書斎に保管されているのは、モノノケ関係の書物だ。甚五郎が把握しているモノノケの子孫たちの居所や、家系図などの記録もある。

甚五郎は水月に近付くと、同じように書棚を眺めた。目の前に並んでいるのは、志賀《しが》の資料だった。

「繭子さんの素性《すじょう》を調べているのかね？」

「はい。気になることがあって……」

水月は、手元の書物に視線を落とした。志賀で生活をしているモノノケの子孫たちの記録だ。けれど志賀は京都在住の甚五郎の目が届く範囲外なので情報は少ない。もちろん、悟のことも繭子のことも書かれていない。

溜め息をついて、資料を書棚へ戻す。指で背表紙をなぞり、次の書物を探しながら、水月は甚五郎に話しかけた。

「嵯峨で晴吉に襲われた時、前触れもなく庭に雷が落ちたんです。あんなに都合よく天候が変わるわけがない。俺には、命の危険に晒《さら》された繭子ちゃんが、雷を呼んだみたいに感じました」

甚五郎が腕を組み「ふむ」とつぶやく。

水月は言葉を続けた。

「いくらモノノケの子孫やからって、サトリの彼女が天候を操るなんてこと、できるとは思えへん。それが可能なモノノケがいるとするならば、よほどの存在でしょう」

「そなたは、繭子さんがただのサトリの子孫ではないと言いたいんやな？」

書棚を見つめたまま、水月は頷く。

「繭子ちゃんは志賀出身です。きっと志賀に手がかりがあるはず」

水月の指がぴたりと止まる。

一冊の書物を取り出し、表紙をめくった。

一頁目に、美倭湖《びわこ》に浮かぶ島の写真が掲載されている。

「神音島《かみねじま》……」

島の名前を読み上げた水月の目が、すっと細くなった。

*

「わぁ！　風が気持ちいいですね、水月さん！」

藺子は麦わら帽子を押さえ、歓声を上げた。

ゆっくりと湖面を進むのは、美倭湖遊覧の汽船。もともとは、海外の要人をもてなすために建造された豪華な遊覧船で、全長は四十五米《メートル》あり、定員は約千人。一階と二階に室内客席があり、三階は展望デッキになっている。

志賀はかつて湖上水運で発展した町だったが、鉄道が敷設されてから船運は衰退し、汽船での湖上遊覧が活発となっていった。

三階のデッキで、藺子は広い湖と遠方に浮かぶ島を眺めた。

志賀育ちで慣れ親しんでいた美倭湖だが、このように船から見るのは初めてだ。

（突然、水月さんが『美倭湖へ行こう』って言った時は驚いたけど、来てよかった）

久しぶりの彼との外出に心が浮き立っている。

景色を楽しんでいると視線を感じた。振り向いたら、隣に立つ水月が藺子を見つめていた。なんだか嬉しそうな様子だ。

「あの……水月さん？　もしかして私、はしゃぎすぎですか？」

子供のようだったかと恥ずかしくなり、繭子が頬を押さえると、水月は「ううん」と首を横に振った。

「楽しんでくれてるみたいやし、よかったなぁって思っててん」

水月の笑顔に、繭子の心臓がとくんと鳴った。ぱっと顔を背《そむ》ける。

彼に嫌われたのではないかと不安だったが、それは繭子の杞憂《きゆう》だったのかもしれないと思えてしまう。

水月の本音が知りたい。今ここで彼に触れたらわかるだろうか。

(……心の中を盗み見るようなことをしたら駄目)

繭子は自分に言い聞かせた。

「そういえば、繭子ちゃん。朝からいいもん作ってへんかった？」

ぼんやりしていたら水月に尋ねられ、繭子は我に返った。

「いいもん……あっ、そうでした！　水月さん、あちらに座りましょう」

デッキの長椅子を指差す。

二人で並んで腰を下ろすと、繭子は手にしていた籐の籠を膝に載せ、蓋《ふた》を開けた。中から弁当行李《べんとうごうり》を二つ取り出す。

「はい、どうぞ」

一つを渡すと、水月はさっそく蓋を開け、「予想外！」と声を上げた。

繭子が朝から頑張って作ったお弁当はサンドイッチだった。普段ならおむすびにするところなのだが、せっかく外国風の遊覧船に乗るのだからと思い、洋風のお弁当にしたのだ。

薄く切ったパンに茹でた玉子を挟んだものと、コーンド・ビーフを挟んだもの。作り方は『星林文庫』の貸本の中にあった婦人雑誌に載っていた。

「初めて作ってみたので、おいしいかどうか自信がないのですが……」

繭子の言葉が終わるよりも早く、水月がサンドイッチに齧《かじ》り付く。

「おいしいで。喫茶店のサンドイッチにも負けてへん」

満面の笑みで褒《ほ》められてほっとする。

（勇気を出して作ってみてよかった）

婦人雑誌には西洋料理の献立《こんだて》なども載っていたので、今度試してみようと考える。

お弁当を食べているうちに、先ほど眺めていた島が近付いてきた。遊覧船は一旦、島の港に停泊するらしい。島内を軽く見物して戻ってくるぐらいの時間はあるそうなので、希望する客は船を下りてもいいそうだ。

「水月さん。私たち、島に下りますよね？」

期待に満ちた目で確認したら、水月は「もちろん」と頷いた。

船がゆっくりと桟橋に接岸する。

乗船客たちが下りていき、繭子と水月も後に続いた。

山の上に向かって階段が伸びている。乗船客たちが迷いなく上っていくので、何があるのだろうと考えていると、水月が言った。

「あっちに行くと、龍神をお祀《まつ》りする神社があるねん」

「龍神？」

「美倭湖には、龍神が住んではるって言い伝えがあるらしい。昔々は、人のお姿になって、島民と交流してはったんやって。ほんである日、島の娘さんと恋仲になって、夫婦にならはった。でも、娘さんは人間やから龍神より早《はよ》う亡くなってしまって、悲しんだ龍神は美倭湖に戻り、お姿を消してしまわはったそうや。そやし、この島は神無島《かみなしじま》とも言われてるらしい」

「へえ……」

階段に向かいながら水月が語るおとぎ話に、繭子は耳を傾ける。

石造りの階段は急だ。息を切らしている繭子の隣で、水月は身軽に歩いている。天狗だから、山道は平気なのかもしれない。

「この島は、明治以前は一般の人は立ち入り禁止やったらしい。それまでは、龍神と娘さんの子孫やその一族だけが住んではったらしいけど、人々の出入りが増えるにつれて島を出る人も現れ、その数もだんだん減っていったんやって。今では数人しかいはらへんって話や。——さあ、着いたで」

水月に促されて顔を上げると、左手に立派な建物が見えた。繭子たちと一緒に船に乗ってきた人々が建物を鑑賞している。

「あれが龍神様のお社《やしろ》ですか？」

繭子が尋ねると、水月は首を横に振った。

「あれは拝殿。龍神はこっちや」

水月が指差した先に、注連縄《しめなわ》の掛かった鳥居があった。その向こうには美倭湖が広がっている。お社のようなものは見当たらない。

「何もありませんよ……？」

不思議な顔をしている繭子に、水月は微笑みかけた。

「この神社に本殿はないねん。美倭湖自体がご神体。龍神自身や」

鳥居のそばに袴《はかま》姿の男性が立っている。神職だろうか。初老の男性は繭子と水月に気が付くと会釈《えしゃく》をした。水月も会釈を返し、男性のもとへ歩み寄る。

「こんにちは。島長《しまおさ》の八神《やがみ》さんですか？」

水月が声をかけると、男性——八神は「はい」と答えた。

「連絡していた壱村《いちむら》水月です。それで、こちらが木ノ下繭子さん」

水月が繭子を手のひらで指し示すと、八神は繭子を見て目尻を下げた。

「ああ、本当にそっくりだねえ」

誰にだろうと首を傾げた繭子を、八神が満面の笑みで見つめる。

「あんたが天寧《あまね》ちゃんの娘さんなんだね。お母さんと瓜二つだ」

「えっ！　母を知っているのですか？」

繭子は驚いて、大きな声を上げた。

「天寧ちゃんは、この島に住んでいたんだよ。龍神様の血を継ぐ最後の女の子だったんだ。島の住民は皆が皆、自分の娘だと思って天寧ちゃんを可愛がっていたんだよ」

「お母さんって、この島出身だったんだ……」

（しかも、龍神様の子孫だったなんて）

天寧が誰よりも純真だった理由がわかった気がした。明治以降は観光客が訪れるようになったとはいえ、閉鎖的な島の中で島民たちに愛されて育った母は、悪意というものを知らなかったのだろう。

「お母さんとお父さんは、この島で出会ったのですか？」

母がそんなに大切にされていたのなら、きっと両親の結婚は祝福されたに違いない。

そう思って何気なく聞くと、八神の顔が険しくなった。

「あの男は天寧ちゃんを騙《だま》して、島から攫《さら》ってしまったんだ。あの男が来なければ、天寧ちゃんは龍神様のお嫁様になって、ずっと島で幸せに暮らせたはずなのに……」

八神が一歩、繭子に近付いた。急に態度を変えた八神に驚き身を引くと、水月が繭子の肩を抱き、八神から庇《かば》うように引き寄せた。

八神がじろりと水月を見上げる。水月は静かに八神を見つめ返した。

「この島に……あなたたちのもとに、繭子ちゃんは返しませんよ。この子の人生はこの子のもんや」

水月が繭子の手を握った。八神に背を向け、繭子を引っ張って歩きだす。繭子は慌てて八神に会釈し、大股で歩いていく水月に付いていった。

水月は繭子を八神に会わせるために神音島に連れてきたのだろう。けれど、会話は中途半端に終わってしまった。もう少し母の話を聞いてみたかった。

『思っていたよりも因習は根深いみたいや。繭子ちゃんにお母さんの故郷を見せてあげたかったけど、早くこの島を出たほうがええね』

水月の心の声が聞こえた。彼の焦りを感じ、不安になる。

（この島に、私はいないほうがいいの……？）

港が見えてきた。水月の手が離れる。久しぶりに触れた水月のぬくもりが消えないよう、繭子は手のひらを閉じた。

遊覧船まで戻り、二人が乗り込むと、船はすぐに離岸した。ゆっくりと方向転換し、神音島を離れていく。

水月がデッキの手すりに背中を預け、ほっとしたように息をつく。

「水月さん、あの……」

何から尋ねていいかわからず、口ごもった繭子に、水月が真面目な表情を向けた。

「さっき、あの人が言うてはったけど、繭子ちゃんのお母さんは神音島の出身で、龍神の血を引く神子やってん」

繭子は黙って水月の話の続きを待った。

「神音島に生まれた女の子は託宣を受けると、龍神の妻となり、一生お仕えしなあかんそうや」

「それって、一生独身ってことですか？」

龍神がいるわけがないのだからと思ってそう聞くと、水月は皮肉な笑みを浮かべた。

「神婚してるんやから、人間と結婚したら重婚になるって考えなんやろうね。大昔は、ほんまに龍神のもとへ使わすために、女の子を湖に沈めてはったみたいやで」

「えっ……」

藺子は目を見開いた。

「それって生贄《いけにえ》……？」

「人道的やないから、やめたんやろうけど。藺子ちゃんのお母さんは、龍神の血を引く最後の神子やった。そやし島民は、将来龍神の妻になる藺子ちゃんのお母さんを、大事に大事に育てはった。でも、藺子ちゃんのお母さんは悟さんと出会って、運命にあらがって、島から逃げはったんやろうね」

母は島を捨てる時、父は母を攫う時、どんな気持ちだったのだろう。両親の想いを想像して切なくなる。

けれど、悟と一緒にいる天寧はいつも幸せそうだった。

仲の良かった両親を引き裂いたのは、おそらく自分だ。

藺子がサトリの能力で初めて心を覗いた相手は父なのだ。

晴吉に襲われて気を失い、目覚めた後、藺子は忘れていた記憶を取り戻していた。

（どうして忘れていたんだろう。私はきっと、お父さんを傷つけたんだ……）

誰だって、胸のうちに秘めていることを、他人が勝手に覗いていると知ったら、嫌な気持ちになるだろう。サトリである父ならば、余計にその怖さを知っていたはずだし、繭子と悟が一緒にいれば、お互いに悟り合う関係になってしまう。

「つらいことを思い出させるようで悪いけど、繭子ちゃんが晴吉に襲われた時、突然雷が落ちて豪雨になったよね」

「そうでしたね。運がよかったです」

あの雷で、自分も水月も助かったのだ。

水月は「運やないよ」と首を横に振った。

「あれは繭子ちゃんの力や。繭子ちゃんはサトリの子孫であると同時に、水の神、龍神の子孫。そやし、雨を呼べる。つまり繭子ちゃんはモノノケと神、両方の子孫——希有《けう》な存在なんやで」

「あ……」

繭子はよろめき、手すりを掴んだ。被っていた麦わら帽子が飛び、湖面に落ちる。

帽子はしばらくの間、水面を漂っていたが、遊覧船の波に呑まれて沈んでいった。

京都の町家に帰ってきた途端、繭子は熱を出した。様々な真実を一気に突き付けられて、受けとめられる容量を超えてしまったのだろう。

自室で横になっていると、遠慮がちに襖《ふすま》が叩かれた。「はい」と答えたら、水月が顔を出した。

「大丈夫？　お粥《かゆ》作ってきたで」

「すみません」

繭子はゆっくりと起き上がった。見守るようにそばに付いていた仙利も身を起こす。

「食べられる？」

水月から渡された椀には、玉子粥が入っていた。

匙《さじ》を手に取って口に運ぶ。

「熱っ」

思わず顔をしかめたら、

「かんにん。熱かった？　貸して」

水月が椀と匙を奪った。粥を掬《すく》って息を吹きかけている。匙に唇を付けて冷めたかどうか確認した後、「はい」と繭子の口元に差し出した。

（えっ、ちょっと待って……今、唇ちょんって……）

「食べな治らへんで？」

心配そうな顔をしている水月に他意はないようだが、食べさせてもらうなど恥ずかしい。しかも、彼の唇が触れた粥だ。

「〜〜〜っ」

「食べて」

水月が匙を引っ込めないので、繭子は観念してぱくんと咥《くわ》えた。なんだかとても照れくさい。

「よしよし、いい子。どんどん食べよか」

再び粥を掬おうとした水月を慌てて止める。

「自分で食べます！」

椀を奪い返そうとしたら、ひょいと頭上に持ち上げられた。

「口を開けてる繭子ちゃんがひな鳥みたいで可愛《かい》らしかったから、このまま俺が食べさせる」

「ひ、ひな鳥……！」

水月の言い様に、男性に向かってはしたなく口を開けたことを後悔する。

動揺している間に、再び唇の前に匙を差し出された。

「はい、もう一口」

今度は頑として口を開けない繭子に、水月が、

「お母さんに食べさせてもろてるって思ったらええよ」

と、微笑んだ。

（お母さんに……）

昔、藺子が風邪をひいた時、天寧がつきっきりで看病をしてくれた思い出が蘇る。『はい、あーん』と、母にお粥を食べさせてもらう時は、普段なるべく母に甘えないようにしていた藺子も、普通の子供のように甘えられた。

藺子は水月と匙を交互に見ると、今度は控えめに口を開けた。不思議と先ほどよりは恥ずかしくない。そういえば以前、仙利が言っていた。水月は藺子を甘やかしたくて仕方がないのだ、と。

（私、今、完全に気が抜けてる）

心配してもらって、いたわってもらって。たまにはこういう幸せを感じても、バチはあたらないだろうか。

藺子が粥を食べきると、水月は満足そうに椀を置いた。

「今回は疲れのせいで熱が出たんやと思うけど、藺子ちゃんが普段、他人の心の中を見て息苦しくなったり目眩《めまい》がしたりするのは、恐怖で混乱を起こすからやないかな。神とモノノケ両方の血を引いているせいかもしれへん。聖《せい》と妖《よう》が相性が悪くて、負の感情を取り込みすぎたら、平衡をくずすのかも」

自分はなぜ人の心を読むと体調をくずすのだろうと、情けなく思っていた。体質だというのならば、これから先もずっとこのままなのかもしれない。

「そんなに深刻な顔をしぃひんでええよ。モノノケの子孫たちが平和に暮らしていけるように支えるのが、頭領の仕事や。それは藺子ちゃんも含まれる」

藺子の面倒を見ているのは責任感からだと言われているような気がして、寂しい気持ちになった。それなら甘えさせてくれなくていいと、あまのじゃくなことを考える。


拗《す》ねていたら、水月が「ふふ」と懐かしそうな顔で小さく笑った。

「そういえば、寝込んだ子の看病するのって、昔、姉さんが風邪をひいた時以来やなぁ」

「姉さんって、小絲さんですか？」

「そう」

先日、小絲が訪ねてきたことを、藺子は水月に伝えていた。ただ、小絲から水月の過去を聞いたという話は言えなかった。

「懐かしいなぁ。姉さんは甘えたさんやったから、さっきみたいに『あーん』ってしてあげててん」

藺子は「ああ、それで……」と気が付いた。水月が何の気なしに唇でお粥の温度を測ったのは、昔、小絲に食べさせる時、そうしていたのだろう。

「姉さん、今頃、幸せにしてるんかな……」

水月は遠い目をして小絲を想う。

「ご結婚されたんですよね」

「男気のある若旦那さんに身請《みう》けされてん」

そう言った後、「あ」と口を開けた。

「言うてへんかったっけ。姉さんが遊郭にいたってこと」

「実は……小絲さん本人から聞きました」

申し訳ない気持ちで答えると、水月はふっと唇の端を上げた。

「もしかして、俺のことも聞いた？」

「はい。……すみません」

謝った繭子に向かって、困ったように微苦笑を浮かべる。

「そっか。まあ、いつかは話さなあかんと思ってたから、ええんやけど……」

そう言いつつも、つらそうに目を伏せた。

繭子は布団から出て正座をし、水月に向き合った。

「水月さんは、以前、父に対して怒ってくれましたよね。あれ、嬉しかったです。私はたぶん心のどこかで、父に捨てられたことを恨んでいたのだと思います。私の気持ちを代弁してくださって、ありがとうございました」

頭を下げると、水月は強い口調で、

「違う」

と否定した。

「あれは繭子ちゃんのためやない。自分勝手な感情で、悟さんに癇癪《かんしゃく》をぶつけただけや」

「それは……お母さんに拒まれたからですか？」

繭子がそこまで知っていたのかと、水月の目が丸くなる。けれど、すぐに自嘲《じちょう》の笑みを浮かべた。

「お母さんにとって、俺はいらん子やってん。そやし、悟さんに置いていかれた繭子ちゃんと自分を重ねてしもた。俺は繭子ちゃんに同情するふりをして、自分のことしか考えてなかった。悟さんが言うてたやん。偽善者やって」

膝の上でこぶしを握った水月に、繭子は静かに語りかける。

「私、人って皆、二面性があるのだと思うんです」

「二面性？」

「自分勝手だったり、欲望に負けたり、誰かに悪意を持ったり、嘘をついたり、妬《ねた》んだり、恨んだり。でも、その一方で、誰かに優しくしたり、思いやったり、守りたかったり、自分を恥じたり、自分を律したり、人を愛したりする」

蘭子の脳裏に、今まで出会ったモノノケの子孫たちや、人間たちの顔が浮かぶ。

主家の人々を裏切って死なせてしまった市野川《しのかわ》を恨んで、仇《かたき》を討とうとした大上《おおがみ》は、仕えていた『三白屋《みしろや》』の奥様とお嬢様を深く愛していた。

モノノケの本能に翻弄《ほんろう》されていた平太《へいた》は、それに苦しみながらも、妹のためにお金を作ろうとしていた。

自分を八百比丘尼《やおびくに》に変えた人魚に恨み言をぶつけた紺《こん》は、何百年もの間、妻が生まれ変わるのを待ち続けていたが、その果てに見つけた妻が現世で幸せに暮らしているのを知って、正体を明かさなかった。

かつて嘘をついて天寧《あまね》に物乞《いっく》いをしていた老婆は、心の中では申し訳なさを感じていたし、野良猫たちを慈しんでいた。

母親への恨みを、自分勝手に悟にぶつけた偽善者だと自嘲する水月は、心の半分で――きっとそれ以上の気持ちで、蘭子が悟に受けた仕打ちを怒ってくれた。

（人は時に過《あやま》ちを犯す。けれど、本来は優しいもの。負の感情に流されないよう、立ち止まることができるはず）

負の感情は、蘭子だとて持っている。父を恨んだし、水月のことも疑った。水月を傷つけた晴吉を許す気持ちには、まだなれない。

父とこのまま縁を切ることもできる。水月のもとから去る選択もある。晴吉が水月と同じ痛みを味わえばいいのにとも思う。

その一方で、父と理解し合いたいと願い、水月を信じようと思い、いつか晴吉のことも許せたらと思う。

人間は複雑だ。けれど——

「人は優しいものだって、私は信じたいです」

水月を見つめ、にこりと笑う。

「繭子ちゃん、君って子は……」

気が付くと、繭子は水月の胸の中にいた。

きつく抱きしめられて、少し苦しい。

水月の温かな気持ちが伝わってくる。

もっと感じ取りたくて、繭子はそっと手を伸ばすと、水月の背中に腕を回した。

＊

繭子の体調が戻り、数日経ったある日。

帳場に座って、こそこそと『蛍火《ほたるび》』を読んでいた繭子に、水月が声をかけた。

「繭子ちゃん」

「きゃあっ！」

背後から名前を呼ばれて、繭子の心臓が跳ねた。慌てて『蛍火』を帳場机の下に突っ込み、振り返る。

「今、何を隠したん？」

水月が不思議そうに尋ねる。

「な、何も隠していません！」

明らかにあやしい繭子の様子を見て、水月が人の悪い笑みを浮かべる。素早く手を伸ばし、帳場机の下から『蛍火』を引っ張り出して、意外そうな顔をした。

「これ読んでたん？　栞《しおり》が挟まってる」

頁をめくり、目を瞬《しばたた》かせた。

「俺の小説やん」

「大人向けだと思ったんですけど、こっそり読んでいました……」

「……そっか、読んでたんや。繭子ちゃんに読まれてたと思うと、照れくさいね」

水月が弱ったように頭を掻《か》く。

「水月さんの小説は面白いです！　先がとっても気になります！」

繭子はこぶしを握って力説した。

「明るくて一生懸命で一途に主人を想う女中の少女がいじらしいですし、少女が他の男性と話しただけで嫉妬する主人に胸がきゅんとしますし、こっそり逢い引きしている場面はどきどきして……」

「ちょっと待った！」

力説する繭子を、水月が慌てて止める。

「感想は嬉しいんやけど、当人に言われると恥ずかしいというか……」

口元を押さえて横を向いている水月の耳が赤い。

「当人？……あっ」

繭子は思い出した。そういえば、水月に「登場人物のモデルになってほしい」と言われたことがある。

（あれ、本気だったんだ……）

水月の目に、自分がどのような女の子に映っていたのかを知って、照れくさくなる。頬が熱くなり俯《うつむ》くと、水月が慌てたように、

「あくまで作り話やから！　繭子ちゃんの人柄は参考にしたけど、そのまんまやないし！」

と弁解した。

「そ、そうですよね。作り話ですものね！」

（別に、水月さんと私の間に、小説の中のような出来事があったわけではないし！

た。

私の性格やしぐさを、少し取り入れただけだよね！）

二人で顔を見合わせ、ぎくしゃくしながら「あはは……」「うふふ……」と笑っ
と、

「そういえば水月さん、何か用事があったのですか？」

水月に返してもらった『蛍火』を帳場机の上に置きながら、気を取り直して聞く
「ああ、そうやった」

と、新聞を差し出された。受け取って紙面に目を向ける。万年筆で丸が付けられ
た記事がある。

「『京都日刊新聞社主催　絵画特別展　受賞者一覧』……？」

それほど大きくはない記事だったが、内容を読んで繭子は息を呑んだ。

受賞者として列記された名前の中に、空川隼爾の名がある。

「この名前……！」

「今度、その特別展の授賞式が行われる。晴吉はきっと出席する」

「でも晴吉さんは、あれ以来、姿を隠していますよね？」

嵯峨の家は無人のままだ。

もともと、あまり人前に現れない画家だったため、山城《やましろ》をはじめ顧客たちにも、

空川隼爾が現在、行方不明だということは気付かれていない。

空川の絵が別人の描いたものだったという噂は、今のところ流れていない。表舞台に出ずに、このまま逃げ切ったほうが得策なのではないかと思うのだが――

「里中《さとなか》晴吉の過去を調べた。彼は美術学校時代、同級生たちにいやがらせを受けていたみたいや。そんな彼に唯一寄り添ってくれた友人がいたらしいんやけど、彼もまた、他の同級生たちと同様に展覧会で受賞した。理解者だと思っていた友人の受賞を、晴吉は祝う気持ちの余裕がなく、妬んでしまったんやろうね。彼の絵をズタズタに切り裂いて、退学してしまったらしい」

水月の話を聞き、繭子は晴吉の心の叫びを思い出した。

彼は、友人たちに馬鹿にされたことを恨んでいた。友人たちが得た評価は、先生に媚《こ》びていたためだと嘲《あざわら》っていた。そして、そんな彼らが認められ、努力している自分が認められないことを怒っていた。

「晴吉さんは認められたいんですね……。だから、お父さんに代筆を頼んだんですね」

「雪成が喰った夢はおそらく晴吉の願望や。自分に優しくない世界を壊したいんや」

「でも、実際はそうしなかったんですよね。友人の絵は切り裂いてしまったけど、人に怪我をさせたわけじゃない」

晴吉はぎりぎりのところで自分を律したのだろう。とはいえ、友人の絵を切り裂いたのは、明らかに罪なのだが。

「晴吉に受賞経験はない。今回の授賞式は、彼にとって最後の機会になるかもしれへん。他人に絵を描かせてまで評価されたかったっていう、自己承認欲求の強い彼が出てこないはずがない。そやし、俺たちも授賞式に出席しようと思う」

「えっ？　私たち、この特別展と無関係ですよ？」

部外者が新聞社主催の絵画展の授賞式に参加することはできないと思ったが、水月は思わせぶりに唇の端を上げた。

「できるねん。俺に任せとき」

自信満々の水月に、繭子は疑いながらも頷いた。

「ごめんください」

その時、『星林文庫』の入り口から声がした。貸本の客が来たのだと、繭子は愛想よく「いらっしゃいませ」と言いかけ、息を呑んだ。

「あなたは……」

水月も、店内に入ってきた男性を見て驚いている。

二人のそばまで来た男性は、帽子を取って胸に当て、にこりと微笑んだ。

＊

そして、授賞式の日がやってきた。

会場は、海外からの賓客《ひんきゃく》も宿泊したことがあるという一流ホテルだ。

甚五郎があつらえてくれた友禅の振袖に身を包んだ繭子は、洋装姿の水月とともに鷹松家の自動車から降りた。扉を開けた芳村《よしむら》が頭を下げ「いってらっしゃいませ」と声をかける。

「おおきに、芳村さん。助かった」

水月が芳村にだけ聞こえるように、小さな声でお礼を言う。

「なんの。壱坊《いちぼう》の頼みなら、一肌といわず、二肌も三肌も脱ぐで」

「脱ぎすぎや」

芳村の言い様に、水月が笑う。

「さあ、行こか」

水月に促され、繭子は歩きだした。豪華な入り口に怯《ひる》みながら、ホテルの中に入る。

すると、

「壱村先生！　繭子君！」

要《かなめ》の声が聞こえた。手を振りながら駆け寄ってくる。

「徳山《とくやま》さん。こんにちは。今日はお招きありがとうございます」

「要、手配してくれておおきに」

二人のお礼を聞いて、要が笑う。

「天下の壱村先生に招待状を用立てるなんて、お安いご用ですよ」

先日、繭子は初めて、水月が愛読している京都日刊新聞が蛍雪出版《けいせつしゅっぱん》の関連会社だったと知って驚いた。

「会場はこちらです」

要に案内されて宴会場に入り、真っ先に目に飛び込んできたのは金屏風《きんびょうぶ》だった。壇上には、大きな磁器《じき》の花瓶があり、豪華な花が活けられている。『京都日刊新聞社主催　絵画特別展　授賞式』との墨書が華々しい。壁際には布の掛けられた画架が並べてあった。布の下から額縁《がくぶち》が覗いている。受賞者の作品のようだ。賞状を渡す瞬間に布を外し、来賓の目を引く演出がされるのだろう。

会場には既に招待客が集まっている。男性が多く、女性は繭子ぐらいしかいない。

場違いではないかと、にわかに緊張してきた繭子に気付き、水月が耳元で、

「大丈夫。俺がついてるし。誰かに何か話しかけられたら『今日はおめでたい日で

すね』って答えて、にこにこしてたらいいで」

と囁いた。

「さて、晴吉は来てるやろか？」

水月が周囲を見回す。

「まだみたいですね……」

繭子もきょろきょろしていると、

「壱村さん、繭子さん」

と名前を呼ばれた。振り向くと、紺が手を振っている。にこやかに二人のほうへ
近付いてくる。

「緒方《おがた》さん、こんにちは。緒方さんも来られていたのですね」

「今回の特別展の審査員をしているんです。繭子さん、今日は特に可愛らしいです
ね」

「えっ、そんなことは……」

紺にそつなく褒められ、繭子は恥じらった。すると、はにかむ繭子に気付いた水
月が、紺に向かってさらりと言った。

「繭子ちゃんはいつも可愛いですよ」

「……！」

突然の褒め言葉に、繭子の息が止まる。

驚いている繭子を流し目で見て、水月が僅《わず》かに微笑む。

その視線になぜだかどきっとして、繭子は俯き、さりげなく頬に両手を当てた。

少し熱を持っている。

「皆さん、今日は『京都日刊新聞社主催　絵画特別展　授賞式』へ、ようこそお越しくださいました」

壇上から声が聞こえた。司会者がよく響く声で、授賞式の開催を告げる。

京都日刊新聞社の社長や、選考に関わった画家、来賓の挨拶が続いた後、授賞式が始まった。下の賞から順番に発表され、受賞者が金屛風の前に立つ。贈呈者が受賞者に賞状を渡し、受賞作品の布が取り払われるたびに、「おお」と歓声が上がる。

「どれも素敵な絵ですね」

繭子には技術的なことは何もわからないが、美しいだとか胸に迫るだとか、感じるものはある。

半数以上の受賞者と受賞作品が発表された後、ついに「空川隼爾殿」と名前が呼ばれた。

人々の間から、羽織袴《はおりはかま》姿の晴吉が現れる。凡庸《ぼんよう》とした晴吉の顔は、今日は自信に満ち溢れている。

そんな晴吉を見て、繭子は複雑な思いを抱いた。

賞状の文面が読み上げられ、晴吉がお辞儀をして受け取ると、作品の布が取り払われた。一瞬、会場内が静まりかえり、次第にざわめきだす。

「これは空川氏の絵か？」

「新境地ということでしょうな」

「素晴らしい作品じゃないか」

怪訝に思ったのか晴吉が振り返り、自身の絵を見て息を呑んだ。

受賞作品として展示された絵画は、空川独特の情念を宿したような美人画ではなく、慈愛に満ちた微笑を浮かべる観音の仏画だった。

晴吉がよろめいた。握った賞状に皺が入る。

「空川隼爾さん。――いいえ、里中晴吉さん」

繭子の隣にいた水月が壇上の晴吉に声をかけ、拍手をした。

「受賞おめでとうございます」

その言葉を聞いた途端、晴吉が身を翻《ひるがえ》した。会場出口に向かって走っていく。驚いた客たちが体をどけ、晴吉の前に道ができる。

「逃がすか」

水月が上着の内ポケットから扇子《せんす》を取り出した。一気に扇面を開くと、大きく振る。会場内に風が吹き、煽《あお》られた客が尻餅をつく。晴吉の眼前で花瓶が割れ、花が舞った。

つかつかと晴吉のもとへ歩み寄った水月が、扇子を突き付けた。

「あなたが藺子ちゃんを殺そうとしたこと、俺は一生許さへん」

藺子は二人のそばへ駆け寄った。水月の隣に立ち、晴吉を見つめる。晴吉は二人の顔を交互に見ると、低い声を出した。

「だから私に恥をかかせたのか」

「受賞を知ってあなたが危険を犯してまで姿を見せたのは、あなたを認めようとしなかった画壇《がだん》に、一矢報いてやりたかったからなんやろ？」

晴吉が水月の視線から逃げるように顔を背ける。

「他人の才能で名誉を得て、意味があるん？　そんなん偽《いつわ》りやん」

「……小説家として名を馳せているあなたに、いくら努力をしても認められない、私の気持ちはわからない」

絞り出すような声で非難する晴吉を、水月がまなざし鋭《するど》く睨《にら》み付ける。

「水月さんだって、すぐに認められたわけではないです！　いろんなつらいことがあって、それでも頑張って、ここまできたんです！」

藺子は身を乗り出して水月を庇った。大きな声を上げた藺子を見て、水月が目を丸くする。

「私、対象物を温かなまなざしで捉える晴吉さんの絵が好きです。晴吉さんが、本当はそういう人なんだって伝わってくる。だから――」

「何者かになりたいなら、自分で努力し続けるしかない。努力は必ず報われるもんやないけど、諦め切れないなら、歯を食いしばって継続するしかない。安易に流されたら、そこで終わりや」

水月が繭子の言葉を継ぐように続ける。

その時、招待客の中から、帽子を深く被った洋装の男性が歩み出た。革靴の音を立て、三人のそばまで歩いてくる。男性がゆっくりと帽子を取り、動揺する晴吉に声をかけた。

「晴吉君」

「悟さん……どうしてここに」

晴吉の問いかけには答えず、悟は続けた。

「君は自分には才能がないと思い込んでいたけれど、胸を張って誇ることのできる才能を持っていることに気付いていない」

晴吉が黙って悟を見つめた。信じないという顔をしている。

「継続する力だよ。君は本当に絵が好きで、学友から馬鹿にされても、展覧会で評価されなくても、俺に代筆をさせてでも、自分の筆を折らなかった。表に出すことはなくとも、毎日毎日、自分の絵を描き続けていた。今回の受賞は、そんな君の努力が実を結んだ結果だよ」

「嘘だ……」

「嘘だと思うなら、賞状を見てください」

藹子は晴吉の手に握られた賞状を指差した。晴吉が、くしゃくしゃになった賞状を広げ、息を呑んだ。

「私の名前が書いてある……。読み上げられたのは、空川の名前だったのに……」

晴吉の受賞は裏工作でもなんでもない。正当な評価の上で選ばれた。

悟が頷く。

「そうだよ。受賞したのは空川隼爾の作品じゃない。里中晴吉の作品だ」

「で、でも、悟さん。私は、私の絵を応募していない」

「君が特別展のために用意していた俺の作品は、応募直前に君の作品にすり替えた。募集期間は春だったから、もう何ヶ月も前の話になるね」

晴吉は、悟の言葉を聞いて絶句した。

「受賞を知って君の本名に変更してほしいと、水月君から主催者側に伝えてもらった。主催者側に事情は全て説明している。……晴吉君、混乱しているね。何が起こっているのかわからない。まあ、そうだろうな」

悟は苦い表情で小さく笑った。

「俺は君が好きだった。だから、君が自分の才能に気が付いて、君自身の力で認められる日が来るといいと願っていた。君の絵を勝手に応募したのは、背中を押してあげたかったからなんだ。君の絵が受賞したら、俺は代筆を辞めて京都から離れるつもりだった。――でも、君が繭子を手にかけようとしたと知って、一足遅かったと後悔した。もっと早く行動すれば良かった。ごめんよ」

晴吉がその場に膝をつき、うずくまった。体を震わせている。繭子と水月も、他の人々も、静かに晴吉を見守った。

革靴が床を踏む音が聞こえた。悟が晴吉に背中を向け、歩み去ろうとしている。

繭子は慌てて、

「お父さん！」

と、呼び止めた。

悟はちらりと繭子に目を向けたが、

「ここはうるさすぎる」

と言い残して、会場を出ていった。

＊

「あなたも絵が好きなんですか？」

保津峡《ほづきょう》の風景を描いていた悟は、背後から声をかけられて顔を上げた。手に写生帳を持ったおとなしそうな青年が、人懐こい顔で笑っている。

「隣に座ってもいいですか？」

青年に尋ねられ、悟は頷いた。彼が先ほどからずっと悟を見ていて、悟がどんな絵を描いているのかが気になり、声をかけるか否か悩んでいたことはわかっていた。

「すごい！　お上手ですね！」

青年は悟の写生帳を覗き込み、感嘆の声を上げた。

「岩の間を流れる水流が本物みたいで、触れたら指先が濡れそうだ」

彼が悟を褒めながら、自分の絵も見てほしいと思っている気持ちが伝わってくる。

悟は社交辞令で、

「君の絵も見せてくれるかい？」

と、手を差し出した。青年が嬉しそうに写生帳を広げ、悟のほうへ向ける。

渡月橋《とげつきょう》の写生は凡庸で、悟は特に何も感じなかった。「褒められたい」と思っている彼に素っ気ない感想を返すのも申し訳ないので、悟は写生帳を繰って、長所を探そうとした。嵐山公園や、茶屋で休む女性――上手なのだが、何か足りない気がする。

ふと、悟の手が止まる。悟の反応を待ってそわそわしていた青年が、身を乗り出した。

「それは釈迦如来像です」

「……いい絵ですね」

悟は素直な気持ちで、青年の仏画を褒めた。釈迦にもっとも近い姿をしているのが釈迦如来だ。修行をして悟りを得た時の姿を表しているのだという。青年が描く釈迦如来の表情は、確かに悟りを得ているように感じられた。

悟の言葉を聞いて、青年が照れくさそうに鼻を掻く。

「私の実家は葵ノ崎《きのさき》にありまして、温泉旅館を経営しているんです」

悟が質問したわけでもないのに、青年が身の上を語りだした。

「私は長男なんですが、子供の頃から絵ばかり描いていましてね。両親も宿の使用人たちも、よく褒めてくれたんです。弟が『稼業は僕が継ぐから、兄さんは好きなことをしたらいいよ』と言ってくれたので、京都に出てきて美術の学校に入りました」

青年が、家族たちから期待されて上京してきたのだと、悟るまでもなく察せられる。

「いつか展覧会で賞を取って立派な画家になり、故郷に錦《にしき》を飾りたいのです」

将来を夢見る青年を見て、悟はその純粋さに、眩《まぶ》しくも妬ましいような感情を抱いた。

青年――里中晴吉と縁ができてから、悟は時々、彼と顔を合わせるようになった。

悟はその頃、嵯峨で空き家を借りたばかりで、気が向いたら嵐山で絵を描き、適当に観光客に売っていた。

晴吉は当初、写生のために来ていたようだが、そのうち悟との会話を目的にするようになった。悟は、初めこそ楽しそうに美術談義に花を咲かせていた晴吉の表情が、月日が過ぎるにつれて、曇り始めたことに気が付いていた。

「悟さんは、なぜそんなに真に迫った絵が描けるのですか？」

ある日、晴吉は深刻な顔で尋ねた。

「風景を描けば川のせせらぎも鳥の声も聞こえてくる。女性を描けば、内に秘められた情念までが伝わってくる」

悟は、彼が学校で渾身《こんしん》の一作を先生から貶《けな》され、「田舎者の絵」だと同級生たちから馬鹿にされたことを悟った。

「私も努力しているのですが……なかなかうまく描けません。私は……画家には向いていないのかもしれない……」

苦しそうに胸のうちを話す晴吉に、悟は言った。

「諦めて郷里に帰るのも手だよ。一つの夢にしがみつく必要はない。また新しい夢を探せばいいし、夢がないからといって恥じる必要もない」

「そう、ですか……？」

「誰も君を責めない」

悟の言葉を嚙みしめるように、晴吉が俯く。

「……考えてみます……」

晴吉に悩みを打ち明けられてから、一ヶ月が経った。あれ以来、彼は嵐山に来ておらず、顔を会わせていない。本当に郷里に帰ったのかもしれない。

妻と娘を捨てて一人で暮らしていた自分に、話しかけてくれる友人のような相手ができて嬉しかったのだろうか。晴吉が来なくなり、落胆していることに気付く。

人間の裏表のある感情を読み取ると苦しくなるサトリなのに、自分は寂しがりなのだと再認識する。

　人の縁は、重なっては離れていくもの。再び重なることもあるかもしれないし、離れたまま消えてしまうこともある。

（執着する必要はない。彼とは、そういう運命だったのだろう）

　いつものように保津峡へ向かった悟は、突然、強烈な思念を読み取って足を止めた。

「晴吉君……？」

　どこにいるのだろうと視線を巡らしてみると、川にせり出した岩の上に姿を見つけた。

「いけない……！」

　悟は走った。

　足音に気付いた晴吉が振り返り、虚《うつ》ろな瞳で悟を見た。

「晴吉君、早まるな」

「悟さん……私には、生きている価値がありません……」

　晴吉に何があったのかを一瞬で察し、悟はこぶしを握った。郷里に帰ろうかと考え、実家に便りを送った。届いた両親からの返信には、晴吉が立派な画家になって帰ってくることを期待する言葉が書かれていた。弟は結婚して子供ができ、旅館経営も順調だと記されていた。両親を失望させたくない。新たな家族を迎え、稼業に邁進《まいしん》している弟に劣等感を抱いた。実家に晴吉の居場所はない。晴吉は京都で身を立てるしかなくなった。

そんな折、親友が展覧会で賞を取った。親友が妬ましくて、彼の作品をズタズタに切り裂いた。親友から罵《ののし》られて、恥と後悔に苛《さいな》まれ、嵐山まで逃げてきた。

悟は静かに晴吉に話しかけた。

「俺は君に、諦めるのも一つの手だと言った。けれど、それはこんな形ではない。死んだら全ての可能性は消える」

「生きていれば、可能性はあると……？」

弱々しく問い返す晴吉に、悟は頷いた。

「君が立ち直れるよう、俺が支えよう」

これも一つの縁だと、悟は覚悟を決めた。

「……それなら、悟さん……あなたの才能を、私にくれますか……？」

晴吉が暗い瞳で尋ねた。悟は、彼が何を考えているのかわかったが、

「ああ、いいよ」

と、答えた。

ゆっくり、ゆっくりと晴吉に近付き、悟は彼を抱きしめた。

＊

授賞式から数日後、日本画家、空川隼爾が他人に作品の代筆をさせていたという記事が、京都日刊新聞に掲載された。

受賞作品は確かに認められたが、今まで彼が他人の絵を自分の絵だと偽っていたのは事実だ。京都日刊新聞は、晴吉を受賞させ、授賞式に彼をおびき出す協力はするが、真実が暴かれた暁《あかつき》にはそれを公表すると、水月と悟に明言していた。

空川隼爾は美術界から姿を消した。

繭子は『星林文庫』の帳場に座り、うとうとと微睡《まどろ》んでいた。めずらしく朝から一人も客が来ず、掃除も終えてしまい、暇を持て余しているうちに眠ってしまったのだ。

夢の中に悟が現れた。繭子が「お父さん！」と声をかけ手を伸ばそうとしたら、悟の姿は晴吉に変わり、繭子の首を摑んだ。いつかのように締め上げられて、息ができなくなる。

警察に出頭すると言った晴吉を、繭子は止めた。水月を傷つけたことは許せないが、水月も繭子も生きている。晴吉が自分の犯した過ちを後悔していて、やり直すつもりがあるのなら、許したいと思った。彼は甚五郎が紹介した寺に入り、反省の日々を送っているはずだ。

それなのに、なぜ今、繭子は殺されようとしているのだろう。

晴吉の顔が悟の顔に戻る。繭子は思った。自分はやはり父に嫌われているのだ。父と理解し合うことは不可能なのだ――

その時、光が射した。悟の姿が靄《もや》へと変わり、光のほうへ吸い込まれていく。

ふと、額に柔らかな温かさを感じ、繭子は瞼を開けた。すぐ目の前に雪成の顔があり、思わず「きゃあっ！」と悲鳴を上げた。

「あ、起きた」

雪成が繭子から体を離し、にこりと笑う。

「苦しそうだったから、君の夢を喰ったよ」

さらりと言われて驚く。

「喰った……？　夢……？」

自分は何か夢を見ていたのだろうか。覚えていない。混乱していると、不意に背後から低い声が聞こえた。

「どきよし」

繭子の傍らから伸ばされた足に蹴りつけられ、雪成が「うわっ」と言ってよろめいた。

「勝手に繭子ちゃんに触らんといてくれる？」

繭子のすぐそばで、腕を組んだ水月が雪成を睨み付けていた。

「なんだ、いたんだ」

「執筆が一段落して下りてきたら……君って奴は！　いつの間に来ててん」

「ついさっきだよ。近くに用事があったから立ち寄ったんだ。挨拶をしようとしたら彼女が眠っていて、悪夢にうなされているようだったから助けただけだよ。他意はない」

肩をすくめる雪成から事情を聞き、仕方ないと思ったのか、水月は溜め息をついた。

繭子は額に手を当てた。先ほどここに触れていたのは、雪成の唇だ。

「ごめんね。僕の夢喰いは、額に口を付けて吸うってやり方なんだ」

「そう……なんですね……。あ、あの、悪夢を食べてくださってありがとうございます。お腹の具合は悪くなっていませんか？」

頰を火照《ほて》らせながらも確認すると、雪成は、

「短い夢だったから平気」

と、軽く手を振った。

「めずらしく余裕がないね。頭領」

「黙りよし」

不機嫌な水月に向かい、雪成がにやにやと笑う。繭子はおずおずと水月に謝った。

「水月さん。私、お店番中に寝ていたみたいで……ごめんなさい」

そもそも、自分が居眠りをしていたのが悪い。

頭を下げた繭子に、気を取り直した水月が微笑みかける。

「ええよ。毎日、家事をしてくれてるんやもん。疲れてるんやろ」

「そんなことはないのですが……」

「ご飯がおいしい」「部屋が綺麗だ」と言って水月が喜んでくれるから、朝昼晩の食事の用意も掃除も楽しい。

「なんじゃ。雪成が来ておるのか」

猫集会に出かけていた仙利が戻ってきた。軽やかに店内に入ってくると、帳場机の上に飛び乗った。

「やあ、仙利。久しぶり」

雪成が軽く仙利の顎を撫でる。

仙利はゴロゴロと喉を鳴らした後、

「繭子、水月。客を連れてきたぞ」

『星林文庫』の入り口を振り返った。二人もそちらへ目を向けて「あっ」と声を上げた。

洋装に帽子を被った悟が佇んでいる。

「お父さん！」

藺子は板間《いたのま》から下りると、草履をつっかけ、父のそばに駆け寄った。

「藺子」

悟は帽子を脱ぎ、藺子を見下ろし微笑んだ。

「元気そうで何より」

「お父さん、この間の授賞式以来だね……」

藺子は戸惑いながら父を見つめた。何からどう聞いてよいか迷っている藺子に、悟は、「わかっているよ」と言うように目を細めた。

「いろいろと聞きたいことがあるようだね。順番に話そう。今日はそのために来たんだからね」

悟は藺子が何かを言う前に、答えを返してくる。板間に立つ水月と、上がり框に腰かける雪成に目を向け、悟は微笑んだ。

「君たちも知りたいみたいだね。そちらに行って座ってもいいかい？」

雪成が体を横にずらし、空間を作った。悟が帳場に近付き、「ありがとう」と言いながら腰を下ろす。

「さて、何から話そうか。――ん？　俺が前から君の居場所を知っていたのかって？」

悟が目の前に立つ繭子を見て、申し訳なさそうな顔をする。

繭子は、悟がなぜ『星林文庫』にいる自分に会いに来てくれないのか、気に病んでいた。その気持ちを悟は読んだようだ。

「結論から言うと、俺は君がここに世話になっていることを知らなかった。晴吉君から『悟さんの娘さんに偶然会った』と言われて、君の絵を見せられた時は驚いたよ。後日、水月君がうちを訪ねてきた時、彼が君のために俺を捜しに来たのだとすぐにわかった。水月君の声は大きくて、悟りやすかったよ」

悟が水月を見て、目だけで笑う。水月は苦虫を嚙み潰したような苦々しい表情を浮かべた。

「偽名で騙《だま》してすまなかったね」

（私はお父さんに嫌われていたわけではないの……？）

繭子の不安を感じ取ったのか、悟が短く「違うよ」と答える。

「さて次は、俺がどうして晴吉君の代筆をしていたかという話だね。今からもう六年前になるのかな、俺は嵐山で彼に会ったんだ――」

悟は淡々と晴吉と過ごした日々について語った。薊子も水月も仙利も雪成も、長い物語に黙って耳を傾けた。

全て話し終えると、悟は軽く息を吐いた。

「本来の彼は、とても素直で優しい青年なんだよ。自分を認めない世界を憎みながら、そういう自分を恥じていた。人は救われるものだと信じたいと思っていた」

「あいつが薊子ちゃんにしたことは、彼女が許しても、俺は絶対に許せへん。彼女の心に、一生消えない恐怖を植え付けたんやから」

水月がきっぱりと言い切る。悟は「君のその気持ちはわかるよ」と頷いた。

「俺も、さすがに一発、彼を殴らせてもらった」

穏やかな口調で物騒なことを口にした悟に、水月が意外そうなまなざしを向ける。

「俺だとて、娘を傷つけられたら怒る。――ああ、そうそう。嵯峨の家に残っていた俺の絵は全部処分した。晴吉君の絵は寺に奉納したよ」

「お母さんの絵も処分したの……？」

薊子がおそるおそる尋ねると、悟は、

「うん、そうだよ」

と頷いた。

「あれは天寧であって天寧じゃないからね。——どういう意味かって？　俺が何度、彼女を描いても、彼女の神性を表現できないからだよ。どんなに気を配って描いても、俺の性質が滲《にじ》み出てしまうんだろうなぁ」

肩をすくめた悟は、悲しい表情を浮かべる繭子に微笑みかけた。

「俺はね、サトリの最後の生き残りなんだ。明治の世になって町が明るくなり、外国から様々な知識が入ってきて、科学が発展し、モノノケたちの数はぐんと減った。俺はそうしたくなくとも、人の心の声を聞いてしまう。そのたびに人は裏表のあるものだと失望する。けれど一人でいると寂しくて、人里に下りてきて人の世を彷徨《さまよ》った。そんな時に天寧に出会ったんだ。彼女には一片たりとも悪意がなくて、そばにいてとても安らげた。ん？　天寧が俺の正体を知っていたのかって？　いいや、言っていないよ。純粋な彼女に、懐疑心《かいぎしん》、恐怖、そんな感情を知ってほしくなかったからね」

天寧との生活を思い出しているのか、悟は柔らかい表情を浮かべる。

「君が生まれて嬉しかったよ。いつまでも三人で暮らしていけたらと思っていたけど、君にサトリの力が発現して怖くなった。俺は天寧のように善人じゃない。俺は俺の心を君に読まれることを恐れた」

「だから……」

「天寧と君を置いて出ていったんだ。ごめんよ」

藺子の言葉に先んじて、悟は謝罪した。

「お父さん、これからはそばに――」

「それは無理だ」

悟は藺子の希望を断った。

「俺は君のことを愛している。だからこそ、君に俺の汚い部分を見られたくないんだ。自分勝手だろう？」

藺子は首を横に振る。

今、理解した。悟は、藺子に自分の汚い感情を悟られることを恐れて、そして、幼い藺子が父の汚い感情を悟って苦しむことがないように、最愛の妻を置いてまで、姿を消したのだ。

「自分勝手だなんて思わない。お父さんは、私を守ってくれたんでしょう？」

「『人は優しいものだって、信じたい』か……。君は天寧に似たんだね」

悟は柔らかく目を細めた後、水月に声をかけた。

「娘をよろしく頼むよ」

水月と悟は、しばらくの間、無言で見つめ合っていた。

ふっと、悟の口元に笑みが浮かぶ。

「それじゃ。モノノケの頭領」

悟は立ち上がると水月に軽く片手を上げ、繭子の頭をひと撫でして去っていった。

繭子は父に触れられた部分に手を当てた。撫でられた時、一瞬だが、悟の心の声が聞こえた。

『さようなら』と――

寂しさで胸が切なくなり、浮かんだ涙を手の甲で拭《ぬぐ》い取る。

「繭子ちゃん」

気遣うように、雪成が繭子の名前を呼んだ。仙利も心配そうに見上げている。

「大丈夫ですよ！　水月さんは父と何を話していたのですか？」

空元気で答えて水月を振り向く。水月は微笑みながら、自分の唇に人差し指を当てた。

「内緒」

六角堂の十二時の鐘が鳴り始めた。

「僕は、そろそろ帰るよ」

雪成が腰を上げた。二人と一匹に手を振って『星林文庫』を出ていく。

繭子は雪成を見送ると、水月に笑顔を向けた。

「お昼になったので、ご飯を作りますね」

土間へ向かおうとしたら、水月に肩を掴まれた。振り向いた繭子の額に素早く口づけ、水月が体を離す。

（えっ……）

咄嗟《とっさ》のことで、彼の心の声は読めなかった。今の行動は一体何だったのだろうと狼狽《うろた》える。

「あ、あの……」

「上書き」

動揺している繭子を見て、水月は悪戯《いたずら》っぽく笑った。

（上書きって、雪成さんの……？）

水月が見せた雪成への対抗心に、どう反応していいのかわからない。繭子の頬が火照る。自分は今、どんな顔をしているのだろうと思ったら恥ずかしくなり、両手で隠して俯いた。

水月が繭子を引き寄せた。壊れ物に触れるように、繭子の背中にそっと腕を回す。

「どこにも行かんといてな」

彼が本心から願っているのだと伝わってきて、繭子は水月の胸に体を預けた。

「行きません」

水月が望むなら、ずっと一緒にいよう。モノノケの子孫たちに心を配る、優しい頭領の手伝いをしていけたらと思う。

答えを聞いて安心したのか、水月が体を離した。繭子の乱れた髪を耳にかけた後、にこりと笑う。

「今日のお昼ご飯は何？」

「豆子《まめこ》さんのところで茄子《なす》を買ってきたので、田楽を作ります」

「それはええね。おいしそうや」

繭子は水月に笑い返した。


【了】

あとがき

はじめまして。卯月みかと申します。この作品をお手に取っていただきまして、誠にありがとうございます。

私は京都育ちで、神社やお寺が身近にありました。子供心に「神社やお寺は、とても古いもの」だと思っていましたが、毎年初詣に行っていた平安神宮が明治時代の創建だと知った時、驚いたことを覚えています。明治・大正・昭和初期の建築物も、図書館や博物館、商業施設として、意識せずに親しんでいたことに気付きました。

今回、大正時代の京都を舞台にした小説を書くことになり、三条通の赤煉瓦の建物や、岡崎公園でかつて開催された博覧会、街中を走る市電、そんな懐かしくてモダンな雰囲気を描けたらいいなと思いました。

この物語は、人間の中に妖怪が紛れて暮らしているという和風ファンタジーです。京都と東京以外の府県の地名は架空の当て字にしています。

もしかしたら、こんな大正京都もあったかもしれないと、楽しんでいただけましたら嬉しいです。

この場をお借りしまして、素敵なご縁を繋げてくださいました望月麻衣先生、麗しいカバーイラストを描いてくださいましたLOWRISE先生、装丁デザインの長崎綾様、担当編集者様、この作品に関わってくださいました皆様に、心から御礼申し上げます。ありがとうございました。

本書は、書き下ろし作品です。
この物語はフィクションであり、実在した人物・団体などとは一切関係ございません。

著者紹介
卯月みか（うづき　みか）
京都府出身。2020年、『京都桜小径の喫茶店～神様のお願い叶えます～』でデビュー。
ほかの著書に『あやかし古都の九重さん～京都木屋町通で神様の遣いに出会いました～』『京都御幸町かりそめ夫婦のお結び屋さん』などがある。

PHP文芸文庫　京都大正サトリ奇譚
モノノケの頭領と同居します

2024年1月23日　第1版第1刷

著者	卯月みか
発行者	永田貴之
発行所	株式会社PHP研究所

東京本部　〒135-8137　江東区豊洲5-6-52
文化事業部　☎03-3520-9620（編集）
普及部　☎03-3520-9630（販売）
京都本部　〒601-8411　京都市南区西九条北ノ内町11

PHP INTERFACE　https://www.php.co.jp/

組版	株式会社PHPエディターズ・グループ
印刷所	株式会社光邦
製本所	株式会社大進堂

ISBN978-4-569-90372-9